A Manuscript From Chicago

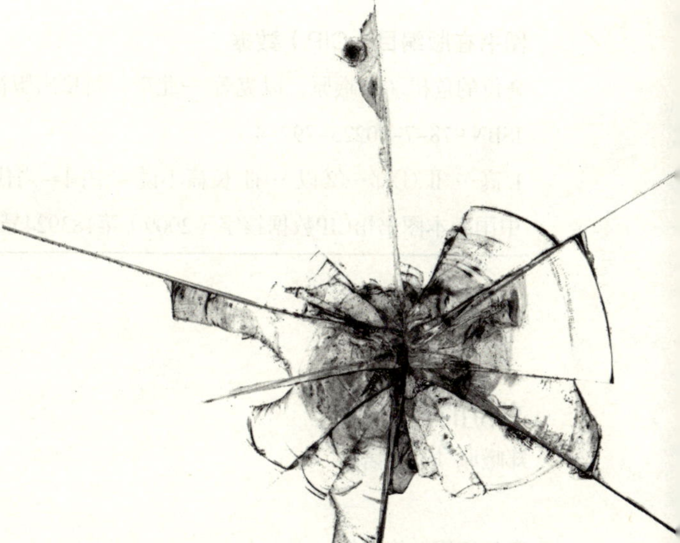

高位的危机

一个美国500强公司高层的奋斗亲历

郑曦原 以克 著

新星出版社 NEW STAR PRESS

图书在版编目（CIP）数据

高位的危机／郑曦原，以克著.—北京：新星出版社，2009.10

ISBN 978-7-80225-792-4

I. 高… Ⅱ.①郑…②以… Ⅲ.长篇小说–中国–当代 Ⅳ.I247.5

中国版本图书馆CIP数据核字（2009）第183924号

高位的危机

郑曦原 以克 著

责任编辑：许　彬

责任印制：韦　舰

出版发行：新星出版社

出 版 人：谢　刚

社　　址：北京市东城区金宝街67号隆基大厦　　100005

网　　址：www.newstarpress.com

电　　话：010-65270477

传　　真：010-65270449

法律顾问：北京建元律师事务所

读者服务：010-65267400 service@newstarpress.com

邮购地址：北京市东城区金宝街67号隆基大厦　　100005

印　　刷：北京凯达印务有限公司

开　　本：890×1230　1/32

印　　张：6.75

字　　数：110千字

版　　次：2009年11月第一版　2009年11月第一次印刷

书　　号：ISBN 978-7-80225-792-4

定　　价：25.00 元

目录 contents

上

坐困危城

第一章　双塔崩溃

星期二早晨

BG公司“市场战略和价格策划部”坐落在总部大楼左翼第六层的尽头。不知道还要在BG公司做多久？安全感像天上的云，总是在出乎意料的地方消失。

2001年9月11日，星期二。无风无雨。从百叶窗斜射进来的阳光，有些晃眼。推窗往外看去，芝加哥正是最美的季节。

简单吃过早饭，我先到健身房锻炼，出身大汗，再冲热水澡。换上咔叽便装，顿时感觉到周身的轻松，然后开车去公司。今天没有高管会议，8点半有个约会，下午是自己的时间，需要修改一下公司第四季度的市场分析报告。

公文包里放着北密歇根旅游手册。我想下午有空时好好研究一下行车路线。这个周末和汉娜说好了，一起去看枫叶。汉娜是我刚认识的一位芬兰留学生，她在芝加哥大学攻读经济学，到我们公司来实习过。汉娜满头飘逸的金发，映衬着北密歇根彤红的枫叶，背后是明朗的蓝天，景色一定如画。想到这里，软软的温情在胸中弥漫。清新的空气扑面而来，我的思绪有些恍惚。

行驶在88号高速公路上，即使远隔十几英里，BG公司总部大楼雄伟的身躯也十分醒目。初秋的朝阳为这个蓝色的玻璃大楼蒙上一层迷离的光芒，巨楼顶层镶嵌着的BG公司标志，闪闪发光。

BG公司名列全美500强，仅在美国本土就有两万多名职工，在世界上五十多个国家设有分支机构。它是一艘航行在商海中的航空母舰。

我扳过方向盘向西转弯，驶入一个缓缓的斜坡，再往右转，就滑进了公司地下停车场。走进公司高级经理专用电梯时，我挺了挺胸。作为BG公司部门总经理，我是唯一的华裔高级主管。《沙家浜》中，“忠义救国军”司令胡传魁起家时有十几个人七八条枪，我首次降落纽约肯尼迪机场时，身上只揣着一张100美元的现钞，爬到今天这个职位，不容易。

电梯徐徐上升，我的头渐渐扬起来，期待着电梯门打开后早点儿看到那笔直宽敞的走廊。“市场战略和价格策划部”在大楼左翼第六层的尽头，这是公司行政层一个举足轻重的部门。每天在电梯里，我都不由自主地扬着头期盼新的一天。那种青云直上的感觉，那种急切要投入工作的激情，没长时间在美国职场摸爬滚打过，是很难体会的。

这是一年中十分平常的一天，可谁知道，这竟然是改变美国当代历史的“黑色星期二”。

星期六再见

这年头，一个小组长手里都握着MBA学位。没有学位的维恩，凭着什么平步青云呢？

刚出电梯，一个响亮的声音就直撞耳膜：“嗨！这层楼上每天总是我们两个人来得最早！”一个巨大身影迎面而来，不用细看就知道那是谁。

一直以为自己是公司里少有几只早起的鸟儿。数九寒冬，我走进BG总部大楼时，天空通常还是灰蒙蒙的。可是不久，我就发现总有一个人永远来得比我早。

第一次见到这个人是在公司九楼的咖啡室里。他大约五十岁的年纪，身体壮实得像一辆美洲豹坦克，气色总是很好，脸上总是洋溢着灿烂的笑容，给人神清气爽的感觉。他坐在桌边，一边等咖啡，一边看手中的文件，还不时拿出手掌电脑来，用电子笔在上面快速地指指戳戳。在公司这么多同事中，还没有见过其他什么人像他这样，紧紧抓住冲咖啡这么点时间来争分夺秒的。

他就是BG公司的高级副总裁维恩，在全体公司同仁中大名鼎鼎。

“你真得佩服这个维恩！”我当年的上司罗纳德对我说。维恩根本没有任何高学位。在美国的大公司里，如果没有基本的学历，连中级管理层都很难进入。这年头，一个小组长手里都握着MBA学位。没有学位的维恩，凭什么在BG公司平步青云呢？

每一次和他接触，我都尽力寻找答案。我发现维恩十分聪慧机敏，而且记忆力惊人，可谓过目不忘。可是，最终让我明白和钦佩的，是维恩过人的勤奋。

过人，就是常人难以效仿。维恩早上6点多到公司，下午7点后才走，天天如此。他的午饭是秘书买好送到办公桌上的。每个周末，他都雷打不动地到公司来工作，只有星期天下午才是他唯一的休息时间。维恩掌管的部门，有时到临下班的时候，如果突然有紧急任务，他绝对是铁面无情地要求部属留下加班，他自己也亲自坐镇，常常和大家一起干到凌晨三四点钟。第二天8点不到，当别的部门还没有见到几个人时，维恩就已经出现在他的办公室了。

年终公司开圣诞派对时，我第一次见到维恩太太。维恩指着我对太太说："他就是我说的那个每天上班很早的人。"

维恩太太是一个丰满的德国女人，圆圆的脸，很是和善，像一只很有光泽的苹果。她很和气地和我寒暄，突然问道："你到什么地方度过假吗？"她的问题突如其来，我一时有些语塞。维恩太太接着说："真难以相信，BG还有一个维恩式的工作狂。你知道吗？他从不度假，回到家里也是常常看公司的文件。他的最大娱乐，恐怕就是读《华尔街时报》和《商业周刊》吧！"

我听了内心不免暗暗吃惊。难怪维恩在公司内部召开的业务会议上，对华尔街动向如数家珍，对国际国内经济形势的分析精辟入里，就像是白宫的经济顾问。但是，一位高级副总裁的假期，总应该比我这个总经理每年五周的带薪休假要多吧？难道他真的从未出去度过假？后来才知道，维恩不仅没有度过假，恐怕连升起落下的旭日夕阳，他都难得看上几眼。

公司内部流传一个笑话：“星期五下班离开公司时，如果你碰巧遇到维恩，就会听到他向你打招呼：明天见。”

星期五下班是大家最期待的时刻。走出大楼，就意味着抛开纠缠了五天的工作，意味着在周末的两天时间里，能够好好放松一下，娱乐、休闲、处理家务。有谁还愿意再听到和公司有关的“明天见”呢？维恩的“明天”，永远和工作相连，这是他从底层赤手空拳爬到高层的代价。

和维恩寒暄后，我坐到办公桌前，开始为8点半的约谈作准备。但是水无常形，我无法预料，在人生的某种情形下，一切的准备和勤奋都变成了多余。

纽约血色满天

史蒂文猛然转过头来，满眼泪光。我一个箭步走上前，问：“发生什么了？”

史蒂文是我读MBA的同学，毕业后做过小企业主，后进入纽约一家声名显赫的大公司。他这次是代表公司投标BG公司一个市场规划项目。我正好管这个项目。我与史蒂文的会面时间定在8点半。

史蒂文是一个相当出色的专业人士，在学校读书时，他就像钟表一样守时。这也是一个商业经理最基本的素质。可是8点30分，他却没有来。

8点40分，还是没有来。

8点43分，我有些坐不住了。

“史蒂文到哪里去了？”我走到九楼走廊，问迎面而来的秘书米歇尔。

米歇尔指着走廊拐角，说：“整个早上他都在角落里打手机。”

什么事情让他如此失约？这可是他自己要力争的项目。我快步走到角落里，心里的不快渐渐蔓延。如果他这么轻慢，不知道我还要不要给他这个机会。

但是刚到拐角处，我突然止步。一种急促不安的声音震动着我的耳膜。

“什么？什么？他们真这么干了？……天——啊！”长长一个拖音，充满恐惧和震惊，好像是面临死亡的哀号，声音都变得嘶哑了。

史蒂文猛然转过头来，满眼泪光。我一个箭步走上前去，拉着他的手问：“发生了什么事情？”

就在这个时候，整个走廊突然骚动了起来，人们纷纷冲出办公室，许多人茫然地小跑着，神情恍惚。我第一个反应是：“地震？”

史蒂文含泣的悲声传入我的耳中：“他们袭击了世贸大厦！”

过了好几分钟，我才明白过来。史蒂文夫妇都在曼哈顿上班，史蒂文供职的公司在世贸大厦双子楼第67层，而他太太的办公室就在世贸大厦斜对面。史蒂文太太一直在向丈夫报告她亲眼目睹的情景。

纽约时间8点46分（芝加哥时间7点46分），美国航空公司的11号班机，撞击了曼哈顿世贸大厦北楼。

纽约时间9点05分（芝加哥时间8点05分），美联航航空公司175号班机，撞击了世贸大厦南楼。

9点21分，通往曼哈顿的大桥和通道全部关闭。

9点45分，美国航空公司77号班机，撞击华盛顿五角大楼。

那时，正是芝加哥时间8点45分，正是我看到史蒂文满眼泪光的时候。

9·11事件发生了！一个让美国刻骨铭心的时刻，一个改变美国的历史转折点。

“我太太说，我们公司所在的大楼整个都着火了，火光冲天，浓烟呛得人喘不过气来，她看到有人从窗户里跳出来……”

史蒂文语无伦次地叙述着，我拼接着一个个惨不忍睹的画面，仍然不敢相信这是真实发生的事情。我的脑子像是到了沸点的开水，翻滚不息。要是果真如此，那么……那么……我不禁不寒而栗。

这时，同事们从各个办公室里出来了，他们快速地从我们身边跑过，在过道里掀起一股风，有一种令人震动的感觉，仿佛我们这座坚固挺立的高楼，也有些摇摇欲坠了。我和史蒂文加入了奔跑的人群。一步一步地下楼，气喘吁吁地跑，每个人的呼吸都变得沉重起来。史蒂文紧紧抿着嘴，像是在抑制着什么，脸上的表情十分悲痛。电梯太拥挤了，我们只好这么相拥着挤下楼梯。我侧望着他，突然想到，如果史蒂文今天到世贸大厦的公司上班，他可能连这么下楼梯的机会也没有了！这么一想，我不由一阵心悸。死亡的黑暗，竟可以这么突然地接近一个人，没有一点预示！

大家终于来到一楼大会议室的巨大投影屏幕面前。扑面而来的，是永生难忘的画面。曾经雄踞曼哈顿的世贸大厦双子楼被拦腰斩断，熊熊的大火映红天空，纽约血色满天。

美国遭到攻击！我的大脑有些转不过来。我到美国来已经好多年了，从来没有想象过，美利坚合众国会遭到外敌的攻击。第二次世界大战的时候，山本五十六带领日本海军突袭珍珠港，虽然取得了极大的成功，但山本作为当时非常有见地的海军将领和政治家，在成功的当下就明确地意识到，日本可能闯了大祸，世界上有一个国家是不能与之作对的，这就是美国。

苏联瓦解将近十年，世界上还有什么力量敢于向美利坚合众国宣战呢？美国正是历史上最强大的时候，华尔街耀武扬威，世贸双塔如同美利坚国旗舰的双桅，竟然有人将它拦腰斩断！感觉到不仅美国被人响亮地扇了一个耳光，而且我们每个人都被扇了耳光，脸上火辣辣的，心里也乱糟糟的。

经历重要时刻

劳森神色庄严，让人想起向英国人民宣布参加世界大战的丘吉尔首相。

投影屏幕前，密密的人群中，响起一片哀号的声音。那沉闷的声音压抑着，压迫得每个人都喘不过气来，仿佛五角大楼上空的浓烟、双子楼坍塌的细尘，都被吸进了众人的肺叶，令人窒息。

突然，有人在我耳边轻声低语："马上去主管会议室！"

以前，每次去高级主管会议室，我都踌躇满志。那不是简单的会议，而是又一次机会，又一次挑战。我的螺旋阶梯，就是这么一小步一小步升上来的。在BG公司的业务会上，通常都是由我向高级主管们通报当前的市场分析、今后的预测和建议，这些都直接影响着公司的决策。每次会议前，我都要非常认真地做足功课，我的座位也渐渐从这个会议室最远的角落，移到了离董事长和总裁比较近的位置。

推开会议室的大门，我怀着惶然莫测和忐忑不安的心情跨了进去，坐下，屏住呼吸。所有人都到齐了，但会议室却像空无一人一样的沉静。

BG公司总裁劳森站在他惯常的位置，默默站着不说话。

劳森扫视着整个会议室。所有副总裁、部门总经理和重要主管都转过头来看着他。劳森说："我们正经历一个重要的时刻！"

劳森神色庄严，让人想起向英国人民宣布参加世界大战的丘吉尔首相。他停顿下来，众人更加屏气聆听。这时，他突然提高音调说："毫无疑问，这将对本公司产生重大影响！"

劳森的声音像千斤重锤，毫不留情地砸在每个人的心上。

BG公司是全球服务性企业，兼有房地产、长途运输、机场服务、搬家储藏等业务。公司去年已随着蔓延全美的经济萧条经历了在业绩谷底的挣扎。到圣诞节黄金业务段，公司业务不仅没有起色，反而首次出现赤字。今年年初以来，公司已采取各种手段力图挽救，冻结工资、削减奖金、停止招收新人，甚至分区重组。第一季度，公司裁减员工10%，大量缩减非直接盈利部门开支，各类人员外出开支也大打折扣。同时，公司还忍痛卖掉了两个分公司。这一切都在2001年3月华尔街股市一泻千里前完成。

当时，BG公司的高级主管们像是飞舟划过了惊险弯道，回首看背后的激流，不禁暗自庆幸，幸亏我们行动敏捷、果断，不然也要碰得头破血流了。BG公司虽然营业总额并未上升，但因为大量削减开支，资金流动性有所改善。在全美同行产业竞争中，BG公司的头渐渐又昂扬了起来，成为同行七巨头之首，保持了相对"最佳"状态。

现在是第三季度，刚刚昂起头的BG公司高级主管们脸色仍呈现着久经折磨而泛出的灰黄，但目光变得柔和了一些，他们期望通过下半年持续的努力，BG的未来将呈现出更多的光明。

但劳森的话像警钟长鸣。"重大影响"！本来脸色欠佳的人们，更是变得面如死灰了。有的主管干脆闭上双眼，仿佛不愿意往前看到更大的暗礁、激流和弯道。有人小声嘀咕："那么，我们今年的奖金要泡汤了？"声音虽小，却引起一阵骚动，那骚动的背后是每个人的直接利益。

劳森显然听见了。他简短快速地回答着："不知道。"像是果断地把一个问号换成了句号。

劳森补充道："谁也不知道。这取决于全公司同仁的共同努力。"他话锋一转："如果有员工情绪太坏，就送他们回家。我们现在要做的事情，是尽力掌握住市场。我要求所有主管都立即行动起来！"

在同一条船上

不知有多少人辗转难眠：这工作，这房子车子，以及它们背后长长的账单，什么都是前途未卜啊！

美国人喜欢说，“我们在同一条船上”。此时此刻，公司员工都体会到，我们每一个人都站在BG公司这条大船上。

BG公司总部位于R市。R市集中了好几个世界知名的高科技公司，拥有成片新式住宅、美国名列第一的公共图书馆和优秀的中小学、大量娱乐设施和风味餐馆，连续几年都被评为全美最佳居住区。R市代表着美国新兴城市的昂扬气势，有着些许骄傲，些许得意。BG公司总部员工在公司红火时，纷纷贷款在R市买房。“家”在美国人心目中占据神圣位置，正如18世纪英国政治家威廉诗一般的宣言：“英格兰最穷的穷人，即使在他的茅屋里，也可以有蔑视王权的威力。风进来，雨进来，但国王不可以进来！”大雪封门的冬天，闹钟将许多人从被窝里催醒，看见窗外漫天飞雪，觉得自己的家就像一座抵御严寒的城堡，那满心的欢喜与自豪真无法用言语来形容。

R市一般家庭年收入为9万美元，高级管理层的白领家庭年收入可达到15万美元。只要有三年的稳定工作，家家户户都可置房买地。不过，9万美元收入只是在每年报税时才感觉得到。每个月实际拿回家的钱，要扣23%国税和3%州税，再加上7%社会安全保险和2%医疗保险，还有10%至15%的退休金，七七八八算下来，一半收入没影了。

剩下那一半，每月还房贷2000至3000美元，一栋40万美元住宅，一年要交上一万美元的地税。像R市这样好区、好地段的房子，地税也高。另外，水电煤气和冬天取暖、夏天防暑，都让开支节节升高。

大多数美国人用一只眼睛看着房子，用另一只眼睛盯着工作。在美国，房屋按揭很容易拿到，可住进大房子，必须添家具、购树木花草、整修后院，还要配好车。住进大房子的那一天，债务就像催命的绞索，把你紧紧缠住。有工作才有进账，才能维持财务的平衡。如果丢掉工作，每个月就没有进帐，后果不堪设想。BG公司不知有多少人辗转难眠，他们为工作、房子和车子操心，那每个月固定寄来的长长的账单，都像一把把雪亮的尖刀，对准每一个人的喉咙！

要打仗了

大楼的灯火，也就是从那个时期起，亮得特别悠长。

“所以，大家要立即行动起来，直接进入战争状态！”劳森铿锵的声音，像急促的鼓点，敲打着每个人的心。我们别无选择，只有行动起来，迎接挑战。

走出会议室时，我悄声对价格策划部总经理，也是我的老上司罗纳德说：“要打仗了。”罗纳德哼出一阵鼻音，听着不大对劲儿，似乎和我忧虑悲哀的心情不相称。

“别用那种奇怪的眼神看我。”罗纳德说，“我可不是好战分子。”然后，他随我走进我的办公室，接着他的话题说道：“知道美国人最怕回忆的是什么岁月吗？”

在当代中国，有人怕回忆五七年“反右”，有人怕回忆六十年代饥荒，有人怕回忆十年“文革”，几乎每个人都有自己不堪回首的岁月。然而，那些生在福中不知福的美国人，那些一生下来就面对帝国大厦不夜灯的美国人，难道他们也有“想起来就害怕”的岁月？我一时没有答案。

“Great Depression!”罗纳德音量放大一倍说道。

二十年代末的大萧条！尽管我听说那段时间“跳楼自杀都要排队”，但毕竟像是从天文望远镜里看星星，时光已是那样的遥远和模糊。

“我妈妈现在看我们倒剩菜，就会不高兴地说我们没有经历过大萧条。大萧条拖累了两代美国人，但是第二次世界大战，又把美国经济给翻过来了。”

我这才明白罗纳德为什么要发出那种鼻音了。原来，他不仅同意我“要打仗”的判断，而且有些兴奋地认为，战争可以给已经下滑的美国经济带来转机。

我争辩着：“那是不大可能的。不要忘了不久前的海湾战争，不仅没有拉动美国经济增长，反倒是把老布什自己给弄下台了。”我没有说的是，如果这个时候打仗，会给美国经济这台老爷车带来什么呢？还真难说，但肯定不会是汽油了。

我们两人谈兴正浓，背后一个声音插了进来：“所有机场都封闭了！”销售经营部总经理汤姆走了过来。

罗纳德几乎叫了起来：“机场没有了，那我们做什么？”我和罗纳德一周前刚合作完成了下季度公司业务计划报告，最主要的就是针对机场展开业务。公司广告部也同样针对机场制订了雄心勃勃的广告计划。但是，联邦政府在今天却命令美国各机场全部关闭！

“机场什么时候才会开放呢？”谁也不能回答罗纳德的问题，但谁都知道，机场关闭对公司业务带来的冲击，我们是躲不过去的了。这对BG公司是致命的打击。此时此刻，必须以最快速度形成非机场的市场份额。与我们竞争的其他六大同行公司也一定获得同样消息，如果我们行动迟缓，公司业务在十几天内就可能崩溃。

果不其然，一周后，BG公司销售额和去年同期相比陡降50%，而且下滑趋势难以扼制，很可能销售额同比将下降75%。每一天的时间对我们来说，都至关重要。

总部大楼的灯火从那个时刻起，就亮得特别悠长。不仅是经理和主管们，其他许多人也都主动要求加班。虽然免不了饥肠辘辘，头昏眼花，但抱怨、扯皮、闹矛盾等等，都不知不觉地消失了。BG公司进入“非常”时期。

以往一月一报的市场营销情况，现在变成每天一报。我没有时间再去细细推敲，而必须要指挥整个部门，立即查明竞争对手的业务动态，尤其是价格调整情况，一有风吹草动，就必须立即报告。

这些天真是累得精疲力竭，每晚躺下床，我都还像坐在办公桌前一样，电话铃声在耳边此起彼伏，来来往往的电子邮件像湖面的垃圾一样在脑海漂浮。

一天，忙完了事情准备回家，正好和罗纳德同时坐电梯。罗纳德曾是我的上司，是第一次面试我并决定聘我的人，也是后来极力挽留我的人。我看到罗纳德的嘴角牵动了一下，自嘲道：“咳，真不知道当初硬把你留下来，是好事还是坏事。”

第二章　恩师再造

打虎上山

一个人在美国闯荡，必须浑身是胆雄赳赳。所以，我喜欢一边开车一边唱革命样板戏。杨子荣打虎上山，是我的最爱。

门打开的时候，带进来一阵风。一个铜钟般的声音在我身后响起："欢迎你来我们公司面试！"

我一转头，看到一个身高约有一米九的彪形大汉走进来。他头发浓密，用发胶固定得一丝不苟，浑身强壮的肌肉裹在一件深黑色的西服里，十分合体。我猜，他就是BG公司市场部的主管罗纳德。

罗纳德像大山一样稳稳当当地坐下来，两眼直视着我，目光如炬。他手中的派克笔在食指和中指之间转动着，像是一把命运之刀，决定着我的前途。商学院学过的《面试攻略》有一个训条："一定不要避开这样的目光，流露出你的胆怯和羞涩。"于是我定了定神，开口做自我介绍。

当时，我从商学院毕业出来有一段时间了，但并没有找到理想的工作。只好在一家制药公司做临时工。说来也有些滑稽，读了两年的商科，把自己前几年存的钱全部砸进去，出来以后，仍然要用本科和研究生上的化学专业来找工作。这是我很不甘心的。

所以，当BG公司的招聘广告一出来，我就立即把CV和申请信发过去，申请一个“市场分析师”的职位。一般说来，没有相当的商战经历和令人信服的数据分析能力，是不应该指望这个位置的。我刚从商学院出来，还是一个纸本本的MBA。行有行规，按照行话，我这个从来没有在美国大公司管理层工作过的MBA，只能算是一个“没打过仗的准尉”，申请这个位置是冒进了一点。没想到罗纳德给了我面试的机会。

罗纳德将目光放在我的CV上，看得出来，他比较犹豫和迟疑。他一边听我说，一边转动着手中的派克笔。这个大个子用浑厚的声音说道：“迈克，我可以叫你迈克吗？”我赶紧像小鸡啄米一样使劲点头。在美国，如果有人愿意叫你的名字，而且称呼你的昵称，就意味着他把你当自己人看啦，这可是好兆头！

罗纳德接着说道：“BG公司新设立这个职位，本来就是要试一下，看看启用专业市场分析师能为公司带来什么？我们愿意用新人，但他要做很多事，比如，为公司决策层提供市场导向报告、提出价格调整建议、预测市场销售前景、评估广告效益，等等。”他说话干净利索，连珠炮似的，说完后地马上发问：“你能胜任吗？”

我到美国后，走了一条曲折的路。从巴尔的摩折腾到芝加哥，再从理科折腾成商科，等待的不正是这样一个时刻吗？凭着初生牛犊不怕虎的劲头，我勇敢地亮出自己的各种优势，“高度”评价自己的能力。我喜欢国内的现代京剧，特别是《智取威虎山》，杨子荣打虎上山一折戏，印象最深。当时就把罗纳德当成座山雕了，众土匪轮番盘问，杨子荣面不改色心不跳。

可是，面试结束两周了，还是一点儿动静没有。我忍不住了，抓起电话打给罗纳德，大不了再被拒绝一次！他马上听出是我，非常热情地问：“怎么？还没得到人事部的通知？”

这个职位得到了！我按捺不住内心的狂喜，放下电话，就直奔浴室，甩掉身上所有的牵挂，在热水蓬头痛快淋漓的冲刷中，放开嗓子，吼了一段《智取威虎山》。

“穿林海跨雪原，气冲霄汉哪……”

初露锋芒

我不好意思问罗纳德什么。想起他对我的严厉，就像师傅呵斥徒弟，我心头热乎乎的。

上任后一个星期，在罗纳德指点下，我交出了平生第一份真正的市场分析报告。罗纳德一边看一边点头，评价说：“干得真棒！”

我在罗纳德一招一式的调教下，学到不少本领，渐渐可以独当一面了。

有一次，罗纳德出差了，总裁秘书要求市场部立即递交一份市场预测计划，直接递交总裁。这是对秋季产品滞销的前景预测报告，并对50万美元广告促销计划提出评估意见。

罗纳德出差刚回来，他就把我叫到办公室。一进门还没坐定，他就问我："迈克，公司投入50万元广告费，最好的情形是什么？"

我不假思索地说："最好情形是多促销70万，这样扣去50万广告费，我们能够多销售20万。"我简要地列举了评估依据，心里有些得意。

"那么，最坏情形呢？"

"只能销售15万美元。"我对此也做了详细分析。

"如果是最坏情形，花50万做广告，只能收回15万，公司怎么办？让三四十万美元打水漂？"

"这个，"我停顿了一下说，"我计算出现这种情形的概率很小，所以我交上去的报告是'最有可能出现'的情形，也就是增加销售50万美元，概率超过80%。"我开始感到不妙，有点懊悔没把详细报告带来。

罗纳德从抽屉里抽出那份文件说："总裁很不满意这份报告。"

他的眼睛直视着我，全然不顾我一脸的窘迫。

罗纳德说："迈克，一份好的报告应该评估最佳、最坏、最可能出现三种情况，分析每种情形出现的概率。但是，从实际商业利益而言，最需要着力分析的不是最好状态，如果是这种状态等着赚钱就是了；也不是最可能出现的，按这次分析，大不了就是收支平衡；最需要分析的，是最坏的情况。如果出现最坏的情况，公司怎么办？"

他说的句句有理，我开始有些汗颜。当晚，我连夜赶制新报告，里面对风险评估、效益权衡和最坏状态下的应变措施做了精心、周到的分析计算。总裁对新报告十分满意。

广告部主管乔伊拍着我的肩膀说："迈克，你可真是一炮走红啊！"

我不好意思问罗纳德对总裁说了什么。想起他对我的严厉，就像师傅呵斥徒弟一样，心里不由得热乎乎的。

机不可失

时间就是金钱。错过商机，你用大量时间获得的精确数据，作出精确分析，等于一张废纸！

一天，罗纳德约我吃午饭时说："迈克，BG公司从来没在费城做过产品开发，你做个费城销售五年预测，怎么样？"

在商学院上学时我就知道，做五年预测必须首先收集费城地区居民的收入、生活模式、分布状态和消费倾向，还有费城范围内类似产品的销售现状。然后，还要建立合理的数学模型，做出精确的数据分析。这样一份报告怎么说，都得花半年时间才可能做出来。

我担心地问："不是又只有十天期限吧？"

罗纳德回避我的眼神说道："没错。我知道时间太紧，但我在总裁面前要求放宽期限没得到批准。"

他抬头看了一下我为难的神态，语气缓和地说："不要紧，你先做，实在不行我再接手。"

我连续开夜车，挑灯夜战，把周末也搭进去，用一个星期的时间收集了大量信息。但是，面对这些支离破碎的信息，我无从下手。实在干不下去，我只好硬着头皮去找罗纳德。

“我做不出来。”我老老实实地把原始资料摆放在罗纳德的面前。

“那么，你不用管了。”罗纳德居然毫无焦虑。

三天后，罗纳德把他的报告副本交给我。我一看，脑子都炸了，简直不敢相信自己的眼睛。罗纳德在报告中简单总结，认为费城和西雅图规模相当，人群分布结构基本相似，收入水平可比，所以将来的费城就是今天的西雅图。

在这样的假设上做报告，大概只需要两个小时。

我立即去找罗纳德，气呼呼地问道：“你怎么能这样干呢？”

“那么，你认为应该怎么做？”罗纳德平静地反问道。

见我无话可对，他才说道：“我当然知道这个分析报告十分粗糙。但是，按照公司在十天内完成的时限要求，它就是最好的分析报告了。我们手头来不及收集更多的资料。我们公司做不到，其他公司也做不到。所以，在目前有限的信息基础上，这个分析就是最佳的！”

他站起身来，指着墙上的地图说：“去年我们想在弗吉尼亚州开发新产品，做了非常详细、精确的调查分析，广告创意也无与伦比，人人都觉得这次是稳操胜券了。谁知竞争对手抢在我们前面一周抛出类似产品，虽然服务质量上并不见得比我们好，但因为他们抢得先机，我们失算了。”

罗纳德语重心长说：“商业上，时间就是金钱。错过商机，你用大量时间获得的精确数据，作出的精确分析，等于一张废纸！”

80/20定律

这家伙做这么多事，却不加班，难道他有三头六臂？

我发现，罗纳德从来都是早上8点钟来上班，晚上5点钟准时收工。他的办公室非常整齐，桌子上经常是什么文件都没有，只放着他夫人和孩子的照片。每天下班时，我注意盯着他看，发现他走出办公室时，腋下挟着的公文包从来都是瘪瘪的，决不像要回家去加班大干的样子。

真是奇了怪！我们这个部门每天都有很多的活儿，老家伙经常逼得我干得头眼昏花，好多事下班后还得继续搞，公文包也总是鼓鼓囊囊的。他怎么这么潇洒？且慢，罗纳德也不是只说不干的人，每个月他都要亲手完成大量的市场分析报告，尤其是总裁指定要求的报告，基本上都是由罗纳德独自包揽的。这家伙做这么多事，却不加班，难道他有三头六臂？

下班时，罗纳德总是满面春风地给我打招呼：“嗨，迈克，还在干哩？祝你有一个愉快的夜晚，再见！”看见他高大的背影摇摇晃晃地走出去，我就气不打一处来，牙根恨得痒痒的。

终于在一次交谈中，我直截了当地问他：“罗纳德，你究竟有什么秘密武器，让你不加班也能拿出很像样子的报告来？”

罗纳德佯装无知地摊开两手："迈克，我有什么秘密武器？你开玩笑吧？"

看到他一脸的坏笑，我急得满脸通红。罗纳德这个老家伙看我真的被逗急了，禁不住哈哈大笑。他故弄玄虚地拍着我的肩膀说："迈克，我当然有秘密武器！过来，我指给你看。"

他把我拉到一幅巨大的美国地图前，指着全美50个州问："假定公司要求我们分析全国销售状况，你要对50个州进行分析，可是，给你的时间又十分有限，怎么办？"

我说："那就先想好如何划分抽样，然后再进行抽样分析。"

罗纳德摇摇头说："我的秘密武器是80/20定律。就是说，只分析那些销售比重大的州，如加州、得州、纽约州等等，这些州的数量有10个，占全美各州总数的20%，但它们涵盖了公司80%的销售量。这样，你只用20%的时间，却获得了80%的数据。"

原来是这样，我茅塞顿开。

看得出来，罗纳德对我的表现很满意，经常毫无保留地指点我。对我取得的成绩，也经常在公司内部大吹大擂。在商场上，他就像我的教父，手把手地带我。很快，我在BG公司的名声开始响亮起来，也变成了一位罗纳德式的市场分析高手，成为了公司内部一位令人瞩目的新星。

难说再见

在罗纳德手下，我没耍过任何花招。需要做的，就是诚实、认真、虚心地学习。遵循这个原则，让我深受罗纳德的欣赏和器重。

2000年的元旦，是千禧年的第一天。关于全世界的计算机都要在这个元旦零时零分零秒崩溃的预言，以前吓唬了人们好久，终于没有发生。地球按照它不变的法则，不动声色地运转着。各国人民都处于迎接新的千禧年的欢乐之中。

万象更新。我在罗纳德手下也已经工作两年了，并被提拔，成为他手下的一名部门经理。但是，我准备离开他，离开BG公司。那天我来到公司的第一件事情，就是给罗纳德发电子邮件："我有重要事情，希望今天下午4点钟和您面谈。"当鼠标敲击"发出"键时，我仿佛能够看到罗纳德惊讶的神情。

罗纳德是意大利后裔，可能是家族遗传的基因吧，罗纳德一直保持着地中海式的阳光性格和豪爽气概。另外，他也是一个标准的美国中产阶级人士，按部就班到公司上班，把夫人留在家里照看三个孩子，买了一幢花园洋房，养了一只大狗。他们一家人过着富足和安定的生活。

罗纳德是一个相当虔诚的基督徒，每个周末都带着全家人上教堂。在家里吃饭前，也都要先行祷告。这老家伙只要逮着机会，就会劝我入教。有时，两人讨论公司的业务，说得正起劲时，他会突然冒一句："嘿，迈克，这个周末到我们教堂去看看？"

罗纳德不单单是把教堂当做社交的去处，他是真心实意地信仰耶稣基督，并且身体力行地按照《圣经》的教导去做。公司同事什么人有困难了，罗纳德总是最先伸出援手的人。他在公司的人缘非常好。

MBA刚毕业时，职业介绍所曾赠送一本书给每位毕业生，书名叫《如何与老板搞好关系》。然而，我在罗纳德手下做事这么久，从来不需要使用这本书里的任何花招。需要做的，就是诚实、认真和虚心地学习。遵循这个原则，让我深受罗纳德的欣赏和器重。

这次我要离开公司，最难面对的就是罗纳德了。

不过，作为一名市场分析师，我已经发现BG公司销售业绩黄灯闪烁，前景不容乐观。“好女择夫而嫁，良禽择枝而栖”，如果有机会在更广阔的天地翱翔，何乐而不为呢？所以，当我拿到另一个大公司的聘书时，心情雀跃。

这天下午4点，我走进了罗纳德的办公室。

恩师再造

这么一来，罗纳德就不再是我的领导了……为了留住我，他竟然给自己增加了一个竞争对手。

“啊哈，让我猜猜看，什么事弄得这么正式？不会是要远走高飞吧？”罗纳德请我坐下后，满脸轻松地发问。

我心里一惊，怎么被他猜中了？我索性竹筒倒豆子，把接到另一家公司聘书的事原原本本地告诉了他。

“为什么？”罗纳德的声音因为激动有些颤抖，“迈克，告诉我为什么？这里有什么地方让你不高兴吗？”

我不敢直视他的眼睛，只好语无伦次地解释道：“不是我自己主动要走，是一个熟人介绍的机会，我抱着试试看的心情去面试，没想到他们真发聘书了。”我掏出那份聘书放到他面前。

“嗯，工资提了15%！”罗纳德感叹道。

我说：“或许更让我动心的，是那家公司欣欣向荣的气氛。”

那家公司在全美经济不景气中，已连续11个月保持7%的销售上升曲线。公司高层负责人轮流和我交谈，他们的气度、雄心、热情，像火炉一样把我烤得热气腾腾。相比之下，BG公司显得死气沉沉，前途暗淡。

罗纳德阴沉着脸，沉默了好一会儿才说：“迈克，你走了是公司一大损失。我不能袖手旁观。”他停顿了一下，盯着我又说：“如果我给你Counter Offer呢？”

Counter Offer就是对等提升，工资上涨15%。我说：“那固然很好。不过我最要的不是这个。你知道我和周围人相比，有更强的工作能力。”

“明白了。这样吧，你暂时不要做决定，给我24小时时间。明天这个时候，我们再谈。”

第二天大清早，罗纳德就打来电话说：“迈克，你赶快写份东西，告诉吉姆你能做什么，而这些已经不在你目前的职责范围之内。”

吉姆是分管我们的高级副总裁。我和他没有太深的交往，罗纳德很多次都把我带去汇报，以便向吉姆更好地解释细节。吉姆的数据分析能力在圈内很有名气。所以，要把那些报表和分析报告解释清楚，绝不像对付一个外行上司那么轻松，必须严谨、有说服力，几个回合下来，吉姆看我的眼神发生了变化。

报告交上去半小时，罗纳德通知我："12点钟到吉姆办公室。"

吉姆见我只用了五分钟。他开门见山地说："我收到了你的报告。和其他部门经理比，你确实是一个很出色的市场分析师。公司准备为你新设一个部门总经理职位，分管销售预测、价格分析、市场调查、系统升级四个方面，工资提升15%，分拨两名部门经理归你领导。提升后，你有权每年挑选一台新车，另外，每年给你增加一周休假。总之，迈克，我们希望你留下来！"

我突然意识到，这么一来，罗纳德就不再是我的领导了，我将和他平起平坐。罗纳德为挽留我，竟然给自己增加了一个竞争对手。

第三章 风雨飘摇

忧心忡忡的汤姆

双方心愿是相同的，都希望公司不要破产。说到这里，汤姆的声调不禁透出悲哀：“不然，我们大家就要一起沉沦了。”

早上一上班，市场销售部经理汤姆走进我的办公室。

“迈克，你要站出来，我们一定要说服劳森提价！”汤姆本来就泛红的面颊，因为激动涨得更红了。

“希望他们不要装糊涂，要知道其中的利害！”汤姆认为，生意就是生意，不是慈善事业。身为经营销售总经理，三年五年太久，汤姆要看的是下个月的指标数字，他已经没有多少气力来面对公司业绩进一步沉沦了。

虽然管理层例会被削减了，但我还是得到了这样的信息：“我们要提价！”这些天来，提不提价的话题已在公司闹得沸沸扬扬。

9·11事件后，恐惧感蔓延，全美都实行了严格的空中管制，许多航班被迫取消，空运业务下降30%至35%，这增加了陆路交通的需求，对我们有利，但陆路交通相关服务费也成倍上升，如果不提价，就等于是赔本做生意了。

销售部的提价派考虑眼前急需，但公司上层希望维持BG公司平价销售的战略目标，维持品牌形象。这几日，提价派和不提价派争论得面红耳赤，协调需要磨合和妥协。不过，无论是支持提价还是反对提价，双方心愿都是相同的：希望BG公司不要破产。

汤姆的声调不禁透出悲哀："不然，我们大家就要一起沉沦了。"

看他欲言又止，我催问道："有什么消息吗？"

他努了努嘴，放低声音说道："你知道9·11后，华尔街有五天没有开张了吧？"

华尔街关门五天急坏了多少人！其实，这些人大多数都不是股民、股东，而是等着贷款过日子的人。汤姆告诉我，他从金融策划部的熟人那里了解到，公司周转资金快没有了，就盼着华尔街开门后，银行的钱可以拨过来。

我听了大吃一惊。曾经是500强的BG公司怎么到了以日计数、傻等着银行贷款的地步？

我自己立即开始作价格预测，数据表出来后，我比汤姆更加深刻地体会到了"沉沦"的含义。我在财务部门帮助下完成了两份预测报告，一份是提价后的销售预期和收支状况，一份是维持原价的前景预测。两份预测对比鲜明。

当我把它们提交给吉姆时，尽量避免再看一遍"维持原价预测表”上那个鲜红的赤字。如再不涨价，并且放宽服务限制，BG公司一周要承担的财务损失至少是两到三百万美元。

吉姆瞥了一眼，嘟囔了一句：“真是举步维艰啊。”

吉姆和我一样，看到维持原价预测表上那个鲜红赤字的同时，也看到提价预测表上那个看不见的赤字——BG公司声誉的赤字。

昨天的新闻报道说，联邦政府已强行禁止提升油价，稳定民心。9·11事件后的两三天，已有上万人住宿机场，无法回家。现在，曼哈顿下城的废墟上，一片狼藉，成千上万的志愿者正在奋力挖掘被埋葬的生灵。在这个非常时刻，任何涨价都会遭来全美国人民的唾骂。

危难之际，公司有道义责任维护BG的形象，如果贸然提价，可能带来短期业务，但也可能面临媒体的围攻，将BG公司带入绝境。

劳森、吉姆和公司其他副总裁们必须作出艰难的决定。我两眼期待地望着吉姆，欲言又止，内心的矛盾和痛苦，真是一言难尽。

吉姆说：“我马上去开会。你就守在我的办公室里，不要离开，我可能随时把你叫到劳森那里，听取你的意见。”他把文件放进一个蓝色的文件夹里，拍了拍，像是上战场似的说道：“做好各种准备。不论什么决定，原则是一样的。”

我知道，下级服从上级是美国公司最根本的原则。决策前，你尽可表达自己的主张和建议，甚至争论得面红耳赤，但一旦决定，即使违反你个人意愿，也必须尽心尽力执行，不得有任何抵触情绪。

吉姆走了，他将带回一个决定，一个决定公司命运的决定，一个决定每个员工命运的决定。看见他走出去的背影，我的心是那样的忐忑不安。

耐克鞋的故事

杜安老头儿的眼睛里，闪烁出一种狡黠："价格，是不是越低越好？占据市场份额，是不是越多越好？"

吉姆走后，我一个人坐在办公室里，下意识地在白纸上画着。定眼一看，我涂抹的都是一个英文字：Price（价格）。

过去在商学院里，这个词在杜安教授带领下天天咀嚼。上"市场价格定位"课的第一天，我刚在教室里坐下，临桌同学便问："怎么不带笔记本？这可是杜安教授的课程！"

我习惯把值得记录的东西直接写在教科书里，这样找起来方便。同学听了撇撇嘴，一副不以为然的神情。

那天刚一开课，杜安教授就问坐在前排的我："你穿的是什么鞋子？"

看到我伸出脚来是一双便宜凉鞋，他便改口问："如果穿球鞋，你喜欢什么牌子？"

"Nike."

"为什么？"

"因为有名气，而且价格不贵。"

"有名气？可是以前根本没有这个Nike的！"

杜安老头儿的眼睛里闪烁着狡黠的光芒："价格，是不是越低越好？占据市场份额，是不是越多越好？”

一个同学说：“价格低，当然就有竞争力。同等产品，为什么要买贵的呢？”

另一个同学说：“占据市场，当然是越多越好，还没有听说丢掉顾客是值得高兴的事情呢。”

杜安教授于是说：“那么，先让我们来看看Nike的故事。”

过去哪里有Nike的天下呢？人们嘴上挂的都是Reebuk。Reebuk以它的优质在世界网球鞋市场上如日中天。

突然有一天在美国的加州冒出了一个Nike。

Reebuk并不在意，就像一个世界级篮球冠军，不在乎街头的毛头小伙子投篮一样。可是不久，Reebuk心里有些发毛。Nike拿出的不是名气，而是变幻多端的种类，每一种需求，都有一种特殊的鞋形，跑步的、散步的、爬山的、打篮球的、打网球的，有什么活动花样，就有什么样的球鞋。走进鞋店里，你听推销员介绍，还不得不信那一套：乱穿鞋子不仅不舒服，而且脚也会生病，鞋子也坏得快，弄不好还会影响踝关节。一点一滴地，Nike渐渐占领了市场。

英国的Reebuk以它皇家的典雅姿态审视着这场竞争，没什么了不得吧，可能只是价格上出了点问题。

于是它大力增加广告，同时降低价格。它心想，谁能比得了我的财力和名气？小小Nike决不是对手！

可是多年以后的结局是，Reebuk再也没翻过身来。其实，败在Nike手下就是从那个错误决策开始的。

“所以，”杜安教授总结说，“当竞争对手出现时，为了挽救和保护你的产品，你必须找出内在的原因，究竟是价格的原因，还是市场的原因，还是顾客方面的原因。Nike的出现，给了顾客一个暗示，我的技术质量不低于Reebuk，而且非常个性化。在这种情形下，Reebuk用降价来应付，就是必输无疑了！”

品牌就是品位

不少美国家庭主妇只为第一个孩子买品牌，老大长大后，就买普通衣服给老二，但要在孩子们入睡后，悄悄把旧衣服上拆下来的品牌标签缝到老二的新衣服上去。

下一堂课讲“市场分析和定价”，一进教室，就觉得气氛有些异样。教授杜安老头儿笔直地站在讲台前，一改以前简单潦草的着装，身上穿的竟是Tommy休闲装。在座的同学们，窃窃地指指点点，闷头嬉笑着。

Tommy是名牌，不过基本上是年轻人的向往。在祖父般和蔼的杜安老头儿身上，它显得有点儿不伦不类。

我想，这杜安老头儿，又有什么新花样了?

“嗯嗯！”杜安教授用他的声音收拢了同学们的目光。“我先提一个问题，在大家争相削价的时候，还要不要品牌？”

课后我才知道，这哪里是我们这些跨进商门的同学们的课题呢，这是当前美国商界正在进行的一场辩论。

品牌，或是名牌，就是那个某件棉制品上的小小标签。不能小看了这个标签，它标志着并非大批量生产的独特设计，代表着质量、品质，也代表着拥有者们的社会地位，甚至代表着一种特权。甚至对于孩子们来说，你身上的衣服都是一个沉默的广告，告诉别人你住在什么区域。

不少美国家庭主妇，只为第一个孩子买品牌，老大长大后，就买普通衣服给老二，但要在孩子们入睡后，悄悄把从旧衣服上拆下来的品牌标签缝到老二的新衣服上去。

“品牌不是一个小小的牌子，它在市场上是很值钱的东西。它包含着许多因素，也不是单单由价格来决定的。每年的市场分析，都以品牌的销售状况作为基础，不仅看总体销售额，还要看品牌时价。”杜安教授如此教导。

当然啦，家里旧锅破勺再多也不行，别人搜索的是那几把值钱的银叉子。品牌时价(Brand Equity)就是品牌的含金量，它一下降，市场分析指数就下降，如果不降低成本，整个盈利也会下降。

在削价的风浪中，名牌跟着跌价，变成了寻常百姓可以问津的东西。有一阵子，60美元的Polo衬衫竟然可以在专门收罗过期衣服的便宜商店用15美元买下，让各公司中高级管理们再次穿上Polo衬衫时，心情大不相同。

削价竞争中，最受打击的就是品牌的地位，跟着而来的，不仅仅是“上等人”的骄傲，还有整个市场的调节和运作。

杜安教授说：“你们今天对我刮目相看了吧？为什么？不就是因为我穿了一件Tommy衫？这下你们明白了吧，这件衣服，和我以前那些随便什么地方都可以找到的衣服不一样。对了，你们说对了，就是有特点，不大众化。还有呢，你们为什么笑？还不是因为Tommy已经多年塑造了形象，成为青年或是中青年男女追逐的休闲典范？我这个老头子穿了Tommy，就把一种性格表现出来啦！对！品牌就是性格，就是个性化。”

杜安教授走在街上，其实就是个不起眼儿的小老头儿。他个子瘦小，不修边幅，说他是在家看孩子的祖父，或是退休了在图书馆帮忙的义工都可以，就是不像大学教授。但是，当他站在讲台上一开口，人们就不得不对他刮目相看了。

两张难出手的牌

像是两张决定命运的牌面，都很烫手，我不知道要去翻哪一张。

我坐在吉姆的办公室里，想到一会儿劳森可能召见，那么，要给他说什么呢？杜安老头儿狡黠的眼光在我的脑海里闪烁。我跳起身来，深吸一口气，开始做我自己的工作。要给劳森和其他副总裁们提供意见，我唯一可以使用的就是那件武器——“经济跳跃曲线”了。

关于经济跳跃曲线，杜安教授是这么解释的：“你拥有餐馆，每个月的固定开销是餐馆房屋租金、职工工资、水电煤气等等；另一个非固定开销是原材料，它随着顾客的数量而浮动。假定租金加水电煤气是5000美元，职工工资是15000美元，那么固定开销就是20000美元。如果非固定开销5000美元，那么你每个月销售额25000就不亏不赚了。如果每个月可以销售30000美元，就净赚5000。这么简单的算术，人人明白。问题是，如果销售额达到40000美元，不是更美吗？

“等一等。销售40000美元？餐馆座位有限，最多只能卖33000吧。要想卖40000美元，就得扩建，或是再开一家餐馆。

“可是，这样做一定能赚钱吗？扩建或另开餐馆之后，总销售额可能上升，但是并不能应付扩建或另开餐馆的额外费用。所以，占据市场份额的多少，依赖于经济跳跃曲线分析的结果。

“结论是：如果可以通过占据市场而减少成本，那么就值得，否则就不值得。占据市场需要大量的广告和相应的降价，也许算出的结果一点儿也不值得。”

很快，我手中也有了一个BG公司面对现实的经济跳跃曲线分析结果。在这个结果的背后，是公司要面临的两种选择：提价，或维持原价。

我手中有两张牌：提价和不提价。但是只能给总裁们一张牌。

提价还是不提价？这成了我思考的焦点。像是两张决定命运的牌，都很烫手，真不知道该去翻哪一张。

提价牌：它可以让公司至少在两至三个星期内保持良好的销售纪录。10月以后，就是传统的“销售金秋”，旅游、探亲、感恩节、圣诞节，正是BG公司大显身手的时候。但是，这张牌的长期效果不好，一旦旺季一过，高价产品就会滞销，同时，公司涨价也带来不好的名声，很可能遭到媒体的围攻。

维持现有价格牌：它可保持公司长期的良好形象。但是，要一个人不趁火打劫，要他站在临时熄灭灯光的珠宝商店里毫不动心，虽然令人感动，却将为保持这“良好形象”付出巨大代价，就是加剧BG公司的亏损，继续面对当前看了简直要发心脏病的恶劣数字。

两张决定命运的牌，该翻哪一张呢？

这时，我再次想到了“公司信誉损失度”，决定翻那张“维持现有价格牌”。

突然，我被一个电话打断，一听竟然是喜欢庄子的克莱德打来的。

波士顿机场SOS

我打电话安慰他：“好在我们都还健在。”想用庄子的典故和他开玩笑，但苦索枯肠，想不出合适的来。

我和克莱德走得比较近，多少和他娶了一个有华人血统的妻子有关。他身材不算高大，也不特别聪明，但身上保持着追求上进的勃勃朝气，让我格外喜欢。

克莱德的职位是“底层广告策划”，这是他自己创造的职位。

加盟BG公司后不久，他就大胆建言：“为什么不做底层广告呢？比如地方小报、校园通讯、高速公路广告牌，花费不大，但不一定没有成效。”吉姆一听，立即让他动手做。拨去做广告的钱，自然也是按他所说的“花费不大”的比例。

要钱没钱，要人没人，但克莱德却有冲天的干劲儿。那些七零八碎的杂事，看似不会有什么大成果，居然在克莱德一年的努力下，搞得有声有色。一年后，吉姆一下子拨了四个人给他。克莱德从此升入管理层。

当上主管的克莱德第一个变化是，下了班后不再像普通员工那样夹着公文包往家赶，他常常停留在我办公室前问：“去不去克林顿酒吧？”

克林顿酒吧是方圆几英里内让不少公司白领青睐的地方。在那里，你花20元可以喝20小杯啤酒，品种从名不见经传的美国小镇作坊产品，到欧洲、澳洲的啤酒名牌，每回去都可以品尝到不同的花样，然后含着千种滋味，半梦半醒、依依不舍地离开酒吧。

这个地方是附近各大公司高级白领的聚集地。灯光下，人影憧憧，人们的关系在闲聊中润滑，而且刺探到不少竞争对手内部的“军情”。渐渐地，它成了让克莱德上瘾的去处。

他拽着我去，还因为喜欢听我说些中国古代哲人的故事。中国先贤中，他最喜爱庄子。“庄”字他说不清楚，常常说成“钻”字。

一次，他又要我说庄子的故事，我便把庄子的问话转达给他：“庄子说，人如果睡在潮湿的地方，就会患腰痛或半身不遂，那么，泥鳅会这样吗？人爬上树会惊恐不安，那么，猴子会这样吗？一个异常美丽的女人，为什么鸟兽见了她要逃跑呢？”

克莱德放下酒杯，两眼直愣愣地看着我：“真是千真万确！看来，标准不一，眼光异样，苦乐的感受就不同。有意思，有意思！不过，这‘钻’子是不是有点儿狡辩？我们干吗要去关心泥鳅、猴子、鸟兽呢？我们每天大部分时间都是和人打交道。所以搞好人际关系才是最重要的！”

那个时候，我刚进公司不久，还在底层挣扎。他靠近我悄声问："你想不想当部门主管？不用回答我。不想当就是庸才啦。不过，要是想当，就得注意搞好同事关系，搞好上层关系。这里面学问很多呢！"

以后，每一次去克林顿酒吧喝酒，他都会零打碎敲地告诉我一些这方面的"学问"，比如不能当"褐色鼻子"(Brown Nose，相当于中文的"拍马屁")，但也决不能温良恭俭让，应该在适当的时机，用聪明的方法，大声讲出自己的功劳和能力。

我心里暗忖，原来那种"八面玲珑、四面来风"的会来事儿的人，那种"吱吱作响的轮子"，在美国大公司的职场里混，也是威风八面。虽然我明白，光说不做，迟早要露馅。不过克莱德对我"多说"的教导，却也让我对自己的处事方式进行修正，在公司内渐入佳境。

他坚持不懈地对我进行言传身教，并且在短短两年内，用他的成功向我证明了他行事方针的正确。我这边还没把他的语录复习完，他那边已经蹭蹭地连上了两三个阶梯，一跃成为了BG公司的高级主管。

后来，他跳槽去了芝加哥一家有名的咨询公司，据说也干得相当出色。可是，现在从电话那端传来的却是仓惶的声音："SOS，我在波士顿机场困了两天，夫人快急死了。"克莱德告诉我，机场像个难民营。"这辈子没见过这么混乱的机场，你简直不能想象，每个人都不知道还要在这里待多久，有人担心不久就停止供应食物和饮用水了。"

"那么，需要我搭把手吗？"

“当然，请你一定设法帮我在机场找到一辆租车。”

“可是，你从波士顿开回芝加哥要十几个小时啊，你两天没好好睡觉了。”我吃惊地说道。

“这算什么？”克莱德打断我，“我一分钟也不能在这里待下去了！”

给他安排好租车，我又打电话过去安慰他：“上帝保佑，我们都还平安健在。”我想用庄子的什么话和他开个玩笑，让他放松些，但没想出合适的。

话筒那边沉默着，然后传来一声叹息：“天暗下来了。”不知道他说的是波士顿的夜晚，还是其他什么。

第四章　血色残阳

碎裂的美国梦

被银行强行收购房屋的房主，亲身经历了美国梦的破碎。梦，在人们沉闷地低着头把屋里家什运出去的时候，望着不好不坏的物品犹豫要不要保留时，便化成了碎片。

对于普通美国人来说，美国梦就是房子、街区、车子、度假次数、下饭馆次数、娱乐频度等等，这些非常实在的东西。

而美国梦的背后，是每个月都要支付长长的账单。R市居民的收入相当不错，属于全美上等收入的市镇，但大家用起钱来也像流水一样哗哗淌。除了房子，还有贷款的车子，还有小孩子各类学习班和体育项目的费用，还有夫人的服饰，还有一定要存的孩子教育基金……华人那边，还要多几项支援国内亲友的开支。似乎人人都在抱怨："钱怎么这么不禁花呀？"

虽然钱不禁花，但各家的日子还是过得红红火火，那是因为每个人都有一份体面的职业。所以，早上催人起床的铃声是悦耳动听的。你提着公文包出门时，无论是踏在白花花的雪地里，还是踩在湿漉漉的青草坪上，每一步落下去都是那么踏实。

可是这一天，当我开车上班时，突然看到邻居琳达家门前挂出了“吉屋待售”的牌子，不由得心里一惊，难道他们要卖房子了？看来9·11事件摧毁的不光是双子楼。

在我们这个小区，没有人不知道琳达。她家那栋房子是这里最漂亮的住宅，常常可以听到聚会的欢歌笑语。多少次，女主人琳达化着淡妆，身着长裙，引导访客穿梭于各大厅之间，微笑着回答客人们的赞赏。然而这个殷实、温暖的家，将在卖房证书签字的那一瞬间，崩溃得片瓦不留了。

听邻居说，琳达夫妇同时遭到解雇，他们决定首先把房贷包袱扔掉，所以非常果断地卖房子。

邻居补充了一句：“没见过九二年的经济萧条吧？那时候，我附近有不少家连卖房子的机会都没赶上。哎，真是过十年就重演一遍啊。”

他说的这个情形，美国人叫“Foreclosure”。房主因为交不起房贷，拖了几个月，最后连水电也付不起了，只好让银行把房子收走。

其实，不到万不得已，银行也是不愿意收购房屋的。再漂亮的房子砸在手里，换不出现钱来也没有用。房产泡沫期，房地产商为抛售房屋，要尽了花招。到这批人付不出贷款时，银行连“重新贷款”的方法都不能用了，唯一的办法便是“Foreclosure”。

被银行强行收购房屋的房主，亲身经历了美国梦的破碎。

在他们沉闷地低着头把屋里家什往外搬，望着那些不好不坏的物品犹豫要不要扔时，梦便化成了碎片。

软件工程师

我过去和他们喝一杯，问他们庆祝什么？一人戏言，“枪决之后幸存者的庆祝晚餐”。

又一日，我去一家华人专卖店，遇见一个手提黑公文包、带眼镜的绅士。那人不像是来买中国货的。他站在那里，机警地来回扫视。他对走近了的人们报以微笑，但那微笑，带着勉强和无奈，让人不自觉地赶快挪开目光。

“你看看这个产品吧。”终于，当我走到他跟前时，他目光坚定地递上一张纸片。我没看明白，他便解释道，这是马桶温水除臭自动清洁器，家居生活十分必要，而且非常有效，今天甩卖，很便宜。我看了一下将近三百美元的价格，摇摇头离开了。

旁边一个熟人莞尔一笑：“你要是常来这里，天天都可以遇见他。”然后叹口气，说了这个人的故事。“这人原来是朗讯公司的软件工程师。一年多前丢了工作。过去，华尔街股票高涨，他把房产抵押进去，结果弄得一贫如洗。他现在的状况，说家破人亡都不夸张。他一年多来一直没找到工作，老婆带着孩子跟他离婚了。他现在住在我朋友家的地下室里，天天穿着唯一的一套西装推销马桶清洁器。”

大名鼎鼎的朗讯公司每个季度都在裁人。每次裁人前，那些在公司勤勤恳恳服务多年、好多都有博士学位的华裔职员们都要经历一番精神折磨，每天担惊受怕。不过，也有例外。有一天，我去附近一家四川饭店打牙祭，突然发现有好几家熟悉的中国人聚在那里。他们都是朗讯公司的职员，正在举杯同庆。

我过去和他们喝了一杯，问他们庆祝什么。一人戏言，“枪决之后幸存者的庆祝晚餐”。原来，那天是朗讯公司进行的本季度第三次裁员，在座各位逃过了这次劫难。

SALES

走进任何商店，迎面扑来的是同样一个字：Sales，后面通常还跟着几个醒目的感叹号。

这一年，美国人的心情是慌乱的。让他们慌乱的原因太多了，看不见下降的失业率，看得见下降的购买力，积压滞销的货物等等。而未来的不确定和不明朗，更为已经慌乱的心情加重一份忧虑。

那段时间，走进任何商店，迎面扑来的都是同一个字：Sales，后面通常还连跟着几个醒目的感叹号。中国学子的老爹老妈初到美国探亲，不久就把这个英文词说得朗朗上口。每次随着儿女进商店时，一看到这个字，就连连呼喊“Sales”！这么一喊，大家的目光都炯炯有神起来。

高档商店总是把降价货品放在角落里，低档商店总把降价货品放在醒目的地方。当然无论怎么放，都逃不过女人们雪亮的眼睛。Sales，是女人们最兴奋的事。难怪老师总是说，女人是天生的购物专家，要我们好好研究女性销售心理学。

当学生时，周末和几个台湾同学约好去钓鱼。这些同学都是成了家的，因为都是全职或半职学生，收入有限。不过其中一个人曾做过小企业老板，有些积蓄，另一个人来自富商家庭，有些底气，他们的太太们过得还不算寒酸。出发前，我问台湾同学们："太太们也来吗？"过去活动，太太们总是很踊跃，但这一次很奇怪，他们都异口同声地回答："太太们很忙。"

原来，芝加哥最大的Marshall Field总部商店在本周末有13个小时的削价销售。太太们已用了一周时间"侦察"好合意的商品，就等着周末一开门，一个箭步冲进去。她们甚至还提前开会，研究布置"战略战术"，打算分工占领不同区域，把有限的货物先抢到手里，再慢慢挑选。

有位同学说："今天我们可以放心玩，钓不到鱼也不要紧，我敢肯定，今天晚上太太们会特别温柔。"

重大节日后，各个商店都会玩同样的花招：早上6点开门，最先进入商店的头100名顾客可以免费得到一些商品。害得不少人连夜在店门口排队。有一次，一位熟人果真抱回了一台免费的日产收录机。

9·11事件后的美国，所有销售部门的经理满脑子都是"变变变"的呼声，九变之术，在商界各行各业里，尽情施展着它的魔术。

魔术一：零首期付款。手头没有现金的人们，想要住独门独院的房子，付不起三五万美元的头款，零首付，给这些人带来了希望。不仅让他们提前实现了住房的梦想，而且让他们在搬进新房以后的每个月里，养成量入为出的习惯。银行这么做并不吃亏。他们收回交不出贷款的房子，实际上等于拿了一个烫手的山芋。房子空在那里，生不出一分钱来。与其这样，还不如将之用零首付的形式尽快出手。而且，零头付还有贷款人多支付的保险金作为保障，银行为此每月可以多收入一百到两百元。

魔术二：Coupon（临时减价证券）。因为有了Coupon，消费者经受不起廉价的诱惑，便去尝试以前从不问津的名牌、高档食物。结果“曾经沧海难为水”，吃过、用过高档物品和食品后，对低档品避而远之，从此“上了贼船下不来”。我认识的一个女孩儿，酷爱吃冰激凌。经济拮据时，只买最便宜的冰激凌。一次获得冰激凌Coupon，尝了上等冰激凌，从此以后，就只买高档冰激凌了。她说：“宁肯不吃也不买便宜货了，味道实在不一样。”小小Coupon，就这么改变了她一生的消费习惯。

魔术三：Rebate（厂家奖励）。也就是说，当你买一件东西的时候，把发票寄回厂家，厂家就会送你钱，几十元、几百元不等。买一辆新车，可能得到5000美元的Rebate。美国人特别喜欢这种厂家奖励。因为大家手中的现金不多，买了东西还得现金，难怪人们眼睛发亮呢。

魔术四：下次免费券。今天如果买足了100元，白送你20元下次购物券。但是“下次”是有限制的，只有7天工夫，而且必须再至少买50元。不过，人们总是想：白得20元呢，忘了一下子要花费130元。

魔术五：Up To（大削价）。这是一个迷人的诱惑。每次标明“Discount Up To 75%”——销价直到75%，意味着只付原价的25%，让顾客血脉奔涌，拎着钱包就往商店跑。结果去了商店，眼勾勾地四处寻找，发现只有极少数的的产品有如此吸引人的价格魅力，而绝大多数只是一般性削价。但是既来之，则看之，东看看、西瞧瞧，钱包也就慢慢张开了……

魔术六：商店信用卡。美国有许多全国连锁大商店。这些商店名称不一、特点迥异，但有一点是相同的，就是都有自己的信用卡。而信用卡的花样又千姿百态。通常，第一次用这样的信用卡都有一定比例的折扣。然后，是持卡人的特殊优惠。为了这些优惠，人们钱包里，鼓涨了好几层，被各类商店的信用卡充斥着。统计数据表明，美国成年人持各类信用卡人均9张，其中，商店专用信用卡就占了80%以上的比例。商店信用卡，吸引顾客来买货物，但是顾客一时疏忽忘了寄去上月的钱款，吃到罚款和利息的数目，也是毫不留情的。

魔术七：买一送一，经常用“Buy One Get One Free”的标牌醒目地标志着。Free，是“自由”，也是“不要钱”。它和“Up To 75%”并列为最让人瞳孔放大的招数。杂货店、鞋店对此都屡试不爽。所谓“买一送一”，就是买一件商品，第二件同样商品免费赠送。冲着“买一送一”的召唤，人们挥洒自如，把本来不需要的、可有可无的东西，都搬回家了。

魔术八：买一件，第二件半价(Buy One Get Second One Half Price)，通常这个标题下面还有一行蝇头小字。这件事情，必须亲身经历了，才知道在那行字下面的一行蝇头小字的意义。那行小字说：“按两件产品里最便宜的那件计算。”我初次去买鞋，早就被这等好事冲昏了头脑，哪里会注意到那行小字？结果挑了一双50美元，又挑了一双25美元的，心想，那50美元的，只是半价而已。没有想到，我要支付的是50美元那双，而得到半价的是25美元那双，这才醒悟，那下面的一行字虽小，但它才是关键之处呢。

商店里的花样越来越多。所有魔术，都伴着一个大牌子闪烁着光彩。这个牌子就是Sales。

伤心曲线

后来他头顶亮度增高，脸上的五线谱愈加纵横。同事们笑他投资太大，他眼如铜铃地解释："一分耕耘，一分收获……"

BG公司的股票曾经是35美元一股，到1999年跌到19美元，然后下跌到10美元，9·11事件前，就只能维持5美元了。公司更换管理层后，股票有一个短暂的提升，然后又一路下跌，到2001年底，BG公司股票跌破1美元。

一泻千里的，何止是股票呢。销售部经理汤姆最不愿意看到的，是那个垂直下降的销售曲线。那才真正是大江东去，一泻千里。

各大机场死一般的沉寂。华盛顿的里根机场关闭21天。以华盛顿为母港的美国航空公司宣布进入破产保护。因为恐惧，因为萧条，全美航空业在9·11事件两个月内，营业额陡降50%。航空公司开始大规模裁员。

机场沉寂，旅游业也沉寂；饭馆沉寂，电影院也沉寂。

而精神上最受折磨的要数“股票恋人”。我认识这样一个“股票恋人”，名叫佐伊，他纵身跳入股海后，胃口、睡眠、喜怒哀乐，都随股市涨落。当股民的这几年，他股票知识的增长和头发的减少成正比，头顶的亮度频频增高，脸上的五线谱愈加纵横。同事们笑他投资太大，他眼大如铜铃，严肃地解释道：“一分耕耘，一分收获。做好了，不仅养家糊口，还可去欧洲旅游，也可以提前退休。”

的确听说过，离开BG公司的丹，股票玩得出色，年纪轻轻就退休了，还买下一架小型私人飞机。

今非昔比，那曾经高高飘扬的股市上升曲线，已跌到深渊谷底。到公司的饭厅吃饭，耳旁总听到同事议论，说某某公司的股票已变成几分钱了，然后是一片哀号声。

《光荣与梦想》这样描写上世纪20 年代末美国大萧条的股市：“内心的苦恼真大，雪茄头的烟灰真长，你必须排队才能挤到窗口跳下去”。半个世纪过去，股市崩溃的幽灵又回来了，对许多携一生积蓄投身股海的人们，它带来的恐怖令人心悸。股市暴跌时，乔治亚州的一位职业股民杀完全家后自戕，成为人们惊叹的话题。

告别史蒂文

安检人员推了推史蒂文的手臂，他竟然有些跄踉不稳……我突然发现，四十几岁的他，已经有点驼背了。那个英俊锐气的学生到哪里去了？心里一阵苍凉，真是岁月无情！

史蒂文终于要走了。

他供职的公司，在9·11事件那天，随着世贸大厦一起从地球上消失了。公司全军覆没，除他以外无人幸存。他失去了老板、同事、招标项目，甚至连这次出差的钱也找不到地方报销。

那天，我开车送史蒂文去机场。史蒂文一路上沉默寡言，神色凝重。到机场了，他不要我下车，和我拥抱，叹息着说："迈克，保重！"我看见他伤心的样子，心都要碎了，不忍离开他，执意要再多送一程。9·11事件以后，感觉到人世间的事情真是说不清，运命无常，世事难料，谁知道我们何时再相会？

"再送你一段吧。"我坚持着。

史蒂文对我说，又好像是对他自己说："一回去就马上找工作。"

只是他这几年一直从事的IT行业已经日薄西山，本来就很不景气了。出了9·11事件，他们的日子将会更难过，特别是他所在的纽约，是9·11事件的重灾区，史蒂文能不能重新找到工作，实在很难说。

"唉，脑子里全是熟人的影子，挥之不去。"史蒂文又长叹了一口气。

芝加哥机场戒备森严，送行的人在很远的地方就被隔开了。

我站在栏杆外面，目睹他在安检人员面前高举双手。安检人员的检测棒顺着史蒂文双臂下滑，还推了推他的胳膊。他站立不稳，竟然有些踉跄。突然发现，刚刚才满四十岁的史蒂文，已变得有些驼背了。那个英俊锐气的青年到哪里去了？我的心里涌起一阵苍凉！

第一次认识史蒂文，是在商学院的讲座上。在我旁边听课的一个白人学生，一个字也不记录，但经常发出尖锐的提问。

下课后，我指着他的背影问同学："他是什么人？我怎么没在课堂上见过他？"

同学告诉我，此人这学期就要毕业了，又补充一句："他可是了不得的人物！"怎么了不得？一问还真把我吓一跳。此人本科读的是哈佛。后来，他为转行学MBA，竟把GMAT考了满分。他是我们商学院唯一一位拿全额奖学金的学生。在商学院获得全额奖学金，我还是头一次听说。

"此人真是聪明透顶！"那个同学感叹道，"你不知道，他门门课程都是A，而且现在还没毕业，就已经把CPA（全美注册会计师资格考试）考下来了。"

后来听说，好几年前，史蒂文从哈佛大学毕业后，被某大公司猎获，但一年后他就辞职了，自己开了一家影视片制作室，当起了"独立制片人"。一晃几年，他结婚、生孩子。不过，他的制作室经营不善，频临破产。他认为，商业上不成功的关键是因为缺乏MBA训练，于是下决心读商学院。

也就是说，他曾经是一个在商场上拼过刺刀的小企业家，对美国商界已经有了切身实感。他和我们这些纸上谈兵的学生自然不可同日而语。

说来也巧，当天晚上我为赶时间到学校附近一家便宜的比萨店吃饭，一进门就碰见他。围坐在他旁边的，还有他的太太和孩子。看来，他真是囊中羞涩，周末只能带全家到这样低级的餐馆吃饭。

多年后的一天，我听人说，周末在一家廉价小吃店里又看到了他们全家。看来他们还在一家人分吃一个比萨——这说明他仍然在艰苦奋斗阶段，经济上没有翻身。听说，他走出商学院大门后，仍然经营小企业，名目不知换了多少，但没有一个成功，债务却越垒越高……

终于，他进入这家做IT行业的纽约公司，干得相当顺手，不久前提升为项目经理。算起来，经过这些年的不停折腾，如今他刚有起色，却又被9·11事件给无情地割断了。

我幽幽地驱车而回，想着他的太太和孩子，想着他微驼的背影，感觉他像是一根被连根拔起的大葱，随波逐流，但命运会将他抛向何方？

突然，手机响了。来电号码是克莱德的。这家伙从波士顿一路开回芝加哥，真够累的，应该是给我报平安吧？

电话接通后，没说两句就听不到声音了。最近万事不顺，连手机信号也跟着不稳定了。

我一边开车，一边对着话筒大声喊道："克莱德，听到我说话吗？"

一个有气无力的声音答道："我一直在。"然后，又是一阵沉默。

克莱德再次开口，却说："回来第二天，我就被公司解雇了。"

黑云压城

吉姆的手在我的肩膀上重重地压了下去，像是要压去我的惊慌。

10月初，当秘书米歇尔把公司9月份财务报表送到我桌上时，刚看一眼，就不由得大惊失色。我长期做市场分析预测，经验告诉我，BG公司已经面临破产，处境岌岌可危。最糟的是，公司现金周转已陷入困境，9·11事件以前已经准核的银行贷款，9·11事件后都化成了泡影。银行不贷款，公司资金链断裂，经营就很难维持。

第四季度市场预测报告锁在我的抽屉里。我不知道如何把它交给吉姆。那将是一个丧钟，一个致命的打击。一看这份报表，行家就都明白，公司必须立即裁员。裁员永远是公司挽救惨剧发生最有力的武器。

一周后，我路过吉姆的办公室，寻思着进去和他聊聊。谁知吉姆神色匆匆正往外赶。

他已经出了门，踌躇了一下，又转身把我叫回来，一起进屋。吉姆把门带上，拍了一下我的肩膀说："黑色星期一。"

我还没回过神来，吉姆的手已经在我的肩膀上重重地压了下去，像是要压住我的惊慌。

公司里的人都知道什么是"黑色星期一"。那是成批解雇职员的日子。一般说来，副总裁这么对我说，就是暗示我本人的位置不会动摇。否则，他不会主动触及这个话题。但是，我内心还是忍不住地发慌。"同舟共济"这个词，准确表达了公司同仁在同一艘大船上共进退的命运。裁员，如同把船上的东西扔下海以减轻船体重量。可是，扔出去的哪是东西呢，他们可是我们朝夕相处的活生生的人哪！

“黑色星期一”像一个幽灵悄悄逼近我们，我看得真切，而周围的人尚未察觉。一路走回办公室，我遇到刚从其他部门转过来的泰德，他年过半百；遇到了的正打扫卫生的清洁工，他不会说英语；还有秘书米歇尔小姐。我主动对他们每个人大声地说“嗨”，但我的声音却没有引起他们丝毫警觉。

每个公司都有自己相对固定的裁员日。有的是星期五，有的是月底，BG公司一贯选择星期一。所以“黑色星期一”是大家熟悉的倒霉日子。那一天，人们提心吊胆，要经历庆幸、同情、悲哀，而我们做主管的更要经历不忍与无奈的复杂感觉，真是五味杂陈。

做主管必须坚守的规则是，无论黑名单上有你多么亲近的朋友，你都不可有一丝一毫的泄漏，除非你自己准备卷铺盖回家。甚至，连轻微的暗示都不允许，反而要装出一副若无其事、天下太平的样子。“黑色星期一”对我们来说，无疑是一个受刑日。尤其是提交被裁员名单，内心的煎熬真是难以言述。

吉姆从公司带回了具体裁员指标。这一次是15%，定在11月。

我和各部门主管被召去开会。站在椭圆形会议桌前的是分管人事副总裁麦克。麦克用平淡的语气通报了总裁决定和裁员百分比，然后强调：“孕妇不能裁。”

“不裁孕妇”是美国法律规定。孕妇不在大裁员之列。我想，秘书米歇尔保住了。公司裁员最容易拿秘书开刀，发通知、整理材料之类的事可以留给剩下的人做。可是，米歇尔万万不能丢掉工作。米歇尔昨天告诉我，她丈夫刚刚被裁，家里有两个幼小的孩子，而她正怀着第三个孩子，已经七个月了。秘书的工资虽然养一个五口之家实在是捉襟见肘，但总是聊胜于无。我脑子里浮现出米歇尔桌台上那张全家福的相片。“让她和孩子们继续微笑吧。”我的心里暗暗地期望着。

麦克又说：“尽量不裁50岁以上的人。”

我正当年，不大能体会那些年过半百的人是什么心情。虽然美国有明文规定不许有年龄歧视，但谁都知道，重新找工作，年龄大是很难的。面试定胜负，而年龄因素常从中作祟，但隐藏在背后，不被提及，不易发现。触犯年龄歧视法律的案例，通常不是来自面试和录用方面，而是来自解雇方面。9·11事件后，某公司把一位57岁的员工解雇了，而这位员工已经为公司服务多年，口碑极好，没有什么不良行为。他信心十足地上法庭状告公司“年龄歧视”，最后胜诉，公司不得不向这名老员工赔偿一大笔费用。被职工控告，对公司来说是件非常头痛的事。不管胜诉败诉，都要赔上精力和律师费用。如果再有媒介宣传，公司的脸面用金钱也难已挽回。所以，各公司裁人时，对服务多年上了年纪的员工一般不敢轻易得罪。麦克这么交待，让我想起了52岁的泰德。

麦克还说明公司一贯的几项原则，比如不许泄漏，不许假公济私，同等表现的则看服务年限，同等资历看业绩水平和近期进展等等。在座的经理主管们个个耷拉着头，垂头丧气。这是一件十分棘手的工作，挥刀砍下去，有十指连心的疼痛。

得意的乔伊

这个非洲裔女人，不仅当上主管，而且人气旺盛，真是了不得！

麦克说话时，坐在我对面的乔伊神情悠闲，仿佛一切与她无关。

乔伊算得上是BG公司里最得意的人。她一个人创造了好几项公司纪录，是唯一服务时间长达15年的资深员工、唯一的高级女性主管、唯一的非洲裔黑人主管。

乔伊最得意的日子是她五十岁生日那天。

下班时，有好几位同事走进她的办公室，笑盈盈地同声邀请："和我们走吧！"

三天前，乔伊就接到了晚会邀请，但她不知道这是专门为她50岁生日举办的晚会。

五十岁是每一个女人都不愿面对的日子。这一天，青壮年如同转瞬即逝的光芒，永远告别了。以后的日子，可能越来越暗。再过几年，坐车、下饭馆，都可以享受"老年优惠"。而这一切，都令她心烦。因为晚年是乔伊最不愿碰的一块心病，她没有爱人，没有孩子，没有家。作为一个独立奋斗的单身女人，如果离开了公司，她还剩下什么呢?

办公室是乔伊一想起来就变得无限亢奋的地方。作为BG公司的广告部主管，她周围总有一群广告商和广告经纪人像蜜蜂一样围绕着她。早晨，他们大声夸奖乔伊的服饰；下午，他们在会上坚定支持和赞扬乔伊的主张；晚上，又少不了有人悄声询问："有没有时间？给我们一个面子，和我们一起去某某餐馆。"乔伊享受着一般女人无法想象的荣光。

每个周末，乔伊都要去高级美容店整理头发、修饰指甲。所以，乔伊每天踏进办公室时，都是气宇轩昂。

这背后的原因实际上非常简单，全是因为乔伊手中握着每年500万美元的广告费，她面对着是《时代周刊》、《芝加哥论坛报》和CNN这类传媒大亨和那些千方百计想抢一笔广告生意的经纪人们。

刚进公司时，我和乔伊合作做过一次公司广告效益的分析评估。第一次与乔伊一起并肩走过公司大楼内长长的走廊，一路上都听到人们呼喊着她的名字，笑脸一个接一个，令人应接不暇。我在心里很是惊讶，没想到这位非洲裔的女人在公司内的人气如此旺盛！

那天的生日晚会，我也去了。原来以为就是人多些，唱"生日快乐"的声音洪亮些。没想到，我刚一跨进那个高级餐馆，立刻被一个巨幅画像镇住了。乔伊的头像出现在《时代周刊》的封面上，旁边还有一行醒目的大字："本年度最佳人物——乔伊"。

我们当然知道，乔伊再能干，这辈子也不可能入选《时代周刊》的封面人物，这不过是广告商们讨好乔伊的一个创意。乔伊爽朗的笑声如银铃一般大响起来，很快被大家的欢呼声淹没。

后来我和乔伊接触多了，发现她确实是一个非常豪爽、不拘小节的人，对广告业务熟练到了炉火纯青的地步。不过，她被包围着的广告经纪人宠坏了，相当的主观，听到反对意见就会像蚂蚱一样地蹦起来。

罗纳德告诫过我："和乔伊打交道，要学会迂回前进，千万别把她惹毛了。"

一次我和广告部其他同事出去吃饭，听他们议论，吃惊地发现，乔伊在人们心目中完全不是《时代周刊》巨幅封面上的形象。有人调侃道："乔伊又搬家了。这次她搬到了一个高档黑人区，但仍然感觉不好。"乔伊过去住在白人区里，受尽了窝囊气，常到办公室里愤愤然地抱怨道："这帮人素质太差！"她这次对黑人邻居的评价也是"素质太差"。真不知道，她这个成功的黑人白领夹在黑白狭缝里，哪里才会让她有归属感。十分奇怪的是，似乎大家对乔伊的处境都没什么同情。

渐渐地我看出，其实乔伊在公司没有死党。大部分人对她的"怕"多于"敬"，表面上谦让她，私下里却处处说她的坏话。

年底，其他几个部门都增添了人马，只有乔伊的部门没有任何变动。与乔伊同级的其他主管纷纷调升新职，只有乔伊没有动。

有一次我去华盛顿分部办事，耳中突然传来一个熟悉的声音，那是乔伊。她的声音从千里之遥传来，接电话的人把她的话用扩大器播放了出来。我刚听几句就明白，乔伊在电话里正和华盛顿分部的人吵架。乔伊的声音那么大，在接下来长达半小时的实况传播中，办公室内的十多位员工都放下手头的工作，洗耳恭听，面面相觑。我越听越皱眉头，乔伊的语气和态度失去了专业修养，开始变得不堪入耳。

我急忙走到别处抓起电话打给罗纳德：“你赶快告诉吉姆，乔伊和华盛顿分部的人已经在喇叭里吵了快40分钟了。”

等我回到原来的地方，发现两个神色严肃、西装笔挺的人站在电话机旁。有人告诉我，他们是分部的头头。

扬声器彻底打开了，两边参加谈话的，少说也有六七个人。这场风波，在吉姆的亲自调解下，才算平息。而我身边的人，包括分部总经理，都是一副不屑难耐的神情。

乔伊仍然在会议桌那边微笑着，但我不免为她有些担心，乔伊会不会被解雇呢？想到她年过五十，多年在BG公司服务，碍于“反歧视法”，估计要在她头上动土也不容易吧。

紧张的詹妮弗

詹妮弗是个对大小事情都很紧张的人，公司派她出差，她再三核实车票、出租车、旅馆，临走前自己还要专门跑一趟机场“演习”。

裁员计划确定后的第二天，我连续盯着计算机屏幕很长时间，把部门里每个职工的年度、季度总结文件调出来，并制作成表格，分门别类按照能力、资历、业绩、人际关系排列。年度工作评语和总结评分是公开的，是职工提职、提薪的依据。评分划为五个档次，让我想起以往读小学时得到的“5分”、“4分”。按照美国公司的规矩，五个等级界限分明：5分——表现优异，4分——超过期望，3分——达到期望，2分——达到最低要求，1分——没有达到最低要求。3分是基本及格，而2分就是亮红灯了。被评为2分以下的职工，等于拿了黄牌警告。有自知之明人，这个时候要么忙着寻找出路，要么痛改前非、努力工作。公司方面，发出这样的警告后，要给职工半年时间，让他们有悔改和修正的机会。

我的鼠标移到“总评分”栏目，轻轻敲了一下，先后顺序就像水波一样自动排列出来。2分以下的人名，列在最后面。这些人名，平时看起来就是几个普通的英文字母，但现在，也许是我在计算机前面坐得太久的缘故，感觉到它们似乎蒙上了一层灰白色。我揉了揉眼睛，还是看不真切。恍惚中，觉得它们渐渐收拢，又慢慢化开，化成一片模糊的圆，像欲滴的泪珠。

我站起身来，走到走廊尽头的休息室，准备泡一杯热茶，也想趁此休息一下大脑。

这时，我听到一个高频率声音：“这样的事情我是不让步的！”

啊，又是詹妮弗！

第一次记住詹妮弗的名字，也是因为她尖厉的声调。当时，她和她的上司为一件什么事情争论到我这里来，不是什么重要的事，但詹妮弗高声嚷着，给人一种寸步不让的感觉。后来听说，詹妮弗是个对大小事情都很紧张的女人。公司派她出差，她再三核实车票、出租车、旅馆，临走前一天自己还要专门跑一趟机场“演习”。她这个三十多岁的母亲和妻子，真不知道在家里怎么和亲人相处。在公司里，她是有名的直率、不通融、特别“较真儿”的女人，虽然工作上没什么过错，但人际关系相当紧张，很让我头痛。公司历来强调团队精神，良好的人际关系是润滑剂，是办公桌上的芳香扑鼻的鲜花，不仅能提高绩效，还能保护员工的身心健康。

我突然意识到，刚才看到得2分的人名中，就有詹妮弗。

不出所料，当我征求其他部门负责人意见，商讨人员去留时，詹妮弗被列为被裁人员名单的第一名。想着她对待工作无限认真以至于过分紧张的样子，想着她对公司无限忠诚以至于过分讨好高管人员的假笑，我不能设想她被公司踢除时会是怎样的一个惨相。

辞退泰德

泰德，想起他两鬓微白，目光胆怯，我心里一缩，如何下得了手呢?

除了詹妮弗，令我头痛的还有泰德。

泰德是最近转到我们部门的人。他原先所在的部门裁员时，五十二岁的年龄成了保护伞，他因祸得福，比他业绩好的其他人离开了公司，他却被当成重点保护对象留用，转入我的部门降职不降薪使用。几个月下来，我们亲眼见证了他的工作能力，要继续留他真让我为难。

我必须和人事部门细致地商量泰德的去留问题。人事部副主任艾丽斯女士作风强悍，也十分细致。听她一席话，我才知道，美国公司在用人方面真可谓用心良苦，而且十分谨慎。美国公司的人事部门完全不是我先前认为的仅仅只是“管管档案”的角色。它划分为福利、工资、奖金、调节内部矛盾等多种职能，人事部门还要制订公司规则、培训员工、提高管理阶层和职工素质。人事部门工作的重点，在于网罗人才、留住人才、化解纠纷、维护“和平”、保障职工福利。其中最需要注意的一点，就是杜绝歧视。最头痛的工作环节，就是裁员。

艾丽斯说：“可要小心哪。你记得得州达拉斯妇女控告丰田汽车公司的案件吧？一大群妇女上书，控告公司‘性别歧视’，她们列举了妇女工资相对低、提升机会少、还有时常遭受性骚扰的例子。”

“Equal Opportunity”（平等机会），公司人事部不断地重复这个字眼，并且告诉我们歧视不仅仅是狭义的“种族歧视”，还包括年龄歧视、性别歧视、外貌歧视、生活方式的歧视、残疾歧视等等。任何和大众“不一样”的少数，都被列入“可能被歧视”的范围而加以关注。被关注的方面，渐渐多到了不可想象的地步：怀孕女职工、癌症患者、带着氧气瓶来上班的残疾人、艾滋病阳性带菌者；还有单身母亲、同性恋、肥胖男女、包头布的锡克族青年，都是被特别关注的对象。

不得已解雇职员，首先要考虑的是公平和人心，但同时还要考虑可能给公司带来的法律麻烦。

回到泰德身上，我们分析，按工作能力和表现，裁掉泰德顺理成章，但是否会有法律麻烦，难以预料。想起泰德两鬓斑白，目光胆怯，我心里一缩，如何下得了手呢？在人事部工作，最痛苦的经历莫过于解雇职员，那种无可奈何却又不得不做的痛苦感觉，过了很多天都难以消散。

我见过许多被裁员工的反映，有的激愤，出言不逊；有的悲哀，泪眼汪汪；有的惊恐，神情呆滞。看见他们每一个人走出去的背影，我心里都禁不住要连连念道："阿弥陀佛！"

我愿意为每个被解雇的下属出具良好的推荐信。可是，眼下失业人数天天都在增加，纵使我有心帮忙，他们也很难接到面试的电话。

10月底，名单定下来了，詹妮弗和泰德都首当其冲。

秋风扫过

我背过脸去，不想看到泰德在"陪同"的"监护"下，如何颤抖地收拾自己的东西，像是收拾残缺不全的人生。

裁员名单一定下来，吉姆就把我叫去："肯定是星期一裁人，但是选择哪个星期一很有技巧。"

"选在月中比较好。"我建议道。

"为什么？"吉姆知道我是第一次"领导"如此大规模的裁员，很想了解我的能力。

"因为这时候员工的收支基本持平。"我回答得胸有成竹。

"另一方面，也要看公司股票的涨跌，还有华尔街大盘的形势。"吉姆的补充成了我今后的经验。

"选好了日子，还要选时间。"吉姆等着我的回答。

我说："对喜欢早来上班的人，赶在大部分人到来之前速战速决；对于时常晚走的人，则挨到下午大部分人走了后再摊牌。"这么做，可把冲击波减小到最低限度。

“选定了时间，还要选‘陪同’。”吉姆语重心长地说。

“陪同”一般是被解雇者比较亲近的同事。他们会在几分钟前先获得消息，然后必须返回办公室，继续面无表情地工作。然后，在被解雇者正式得到通知后，他们就陪同解雇者收拾东西。除了茶杯、相片这类个人物品外，可拿回家的东西非常有限。

解雇令一下达，那人就根本进不去计算机了，连删除个人邮件的机会都没有。而每张纸片都要被抖落出来看看，证明是私人物件方可拿走。“陪同”是一个艰难的角色，既要充当缓冲器，但又不能违背公司的利益。陷入这种处境，当陪同的真是非常尴尬。

吉姆满意地说：“就这么定了。”

黑色星期一终于来临。那天，我比以往更早来到公司。

第一个要面对的就是詹妮弗。她和往常一样，提前15分钟到公司。因为不好通知她亲近的好友提前来，我和米歇尔当“陪同”。詹妮弗听到公司的决定时，精心装饰过的晨妆一下子就被泪水洗得乱七八糟，大张着的嘴上，先前涂抹的口红无限夸张，像血盆大口一般。

她强忍住不叫出声来，双手颤抖，毫无章法地收拾她自己的东西，眼泪像掉了线的珠子止不住地往下落。米歇尔使劲地掐着我的手，控制住自己不要哭出声来。我忍着剧痛，最大努力地保持着镇定。

时钟一分一秒地过去，墙头上的大钟怎么走得这么慢？送詹妮弗下楼时，我们特地找了一个僻静的电梯。三个人在电梯里都默不作声，詹妮弗也不再哭。几秒钟的沉降，竟像是几个小时一样漫长。

詹妮弗走后，整整一天，我眼前晃动的都是她泪水涟涟的脸。

最后一个面对的是泰德。泰德浑然不知地和同事一起出去吃午饭，整整一个下午都坐在自己的办公室里忙碌。下班时间，人们纷纷拥向电梯，他问一个平常按时下班的熟人："你怎么还不走呢？"那熟人正好是"陪同"，被他问得吓了一跳，连忙应付。

一贯比较迟钝的泰德，直到我把他叫进办公室，才如梦初醒。听完消息，他跌跌撞撞地奔了出去。我呆坐在办公桌前，实在不想看到泰德在"陪同"监护下，双手颤抖地收拾东西，像是收拾他残缺不全的人生。

天色全黑了下来，黑得没有一点儿星光。

黑色星期一横扫整个公司。它震荡着每一个职工的心。面对空下来的办公桌，人们低头蹙眉，不禁忧虑：不知道什么时候轮到自己？

第二天，公司召开了职工大会，当劳森穿过人群快步走上讲台时，我感到空气在微微地震动。劳森宣布了这次裁员的比例和目的。最后他坚定地说："留下来的人们应该感谢我们还在这里。我们大家站在同一条船上，我们只有加倍努力，才能够使这条船行驶到安全的水域。"

走出会议厅时，我突然意识到大会上没有见到乔伊。我问罗纳德，"乔伊怎么没来开会？"罗纳德不屑地说："她得到了一张单程车票。"这是行话，乔伊被解雇了。

我开车回家时，心情比阴暗的天空更沉闷。看来，BG公司如同一条渐渐沉没的巨船，很难再挽回了。对面汽车射来的光柱从我身旁急速滑过，像是滑过了好几年的岁月，把我带回了初到美国的时光。

中

起锚远航

第五章　德沃夏克交响曲

托福和GRE

美国，让我们晕眩。那时的美利坚，在人们心中简直就是“美丽人间”。

1988年，中国科学院研究所的宿舍里，聚集着一批热血沸腾的年轻学者。他们刚刚读完了研究生，是中国人民20年知识断层之后出现的新希望。经过十年“文革”，经过“批林批孔”的折腾，中国人民又恢复了对知识的尊重，把敬佩和羡慕的目光汇聚到了这批初出茅庐的年轻人身上。

然而，这批年轻人自己却把羡慕的目光投射到另一类人身上——那些已经出国，或已经拿到出国签证的硕士毕业生。在这些年轻人的眼里，那些出国或即将出国的毕业生们，岂止是跨过一个国门，简直就是跨过了一条历史的大河。大河两边，仿佛处在不同的世纪。

每天晚上，科学院的宿舍里谈论的净是托福、GRE、申请学校、寻找导师、争取奖学金等等。异国他乡的风情、知名学府的诱惑、高度发达的物质文明的召唤，都在年轻人的心中搅起阵阵波澜。许多人到达了亢奋的地步，“出国！出国！”他们在内心呐喊着，心潮澎湃，如初升的红日，抑制不住要喷薄而出。

当年我也是这群中科院硕士毕业生的一员，随着大家的群体性的亢奋，投入到了激烈的洋插队的运动中。

美国，以它的辽阔宽广、泛滥般的阳光、遥遥领先的科学技术，令人晕眩。它的遥远和未知，尤其增加我们的晕眩。大家最热切向往的出国目的地，便是美利坚。那个时候看美利坚，如同醉里看花、雪中望月，处处是美。那时的美利坚，在我们心目中简直就是“美丽人间”。

宿舍里的白墙上，挂起了美国地图，大家把50个州的名字叫得震天响。闭上眼睛，哪个州的地理位置和面积大小都历历在目，熟悉得就像是自己家乡的小街。各类英文考试辅导材料、字典、美国大学简介书籍铺满了桌面，把祖国各地寄来的姑娘们的相片和介绍资料，挤到一边。

挤走的还有工作的热情。白天，算着时间狠命背英文，新到手的科研项目失去了光彩，无人问津。我们这些用人民助学金读完大学的青年，对国家和社会没有任何的回报，既辜负了中国人民的期待，也辜负了白发苍苍的老一辈留学回国的科学家们的期待，一个个都像忘恩负义的白眼狼，一门心思地要去美国。

当时我已经参加了一个课题组，白天上班身不由己，没时间弄英文。这么一来，自己的英文水平与其他出国狂热分子们急剧拉开距离。但是，我还是赶鸭子上架，急急忙忙地考了托福，结果成绩很不理想。

分数不理想，一点儿也没降低我出国的热望。我把目光投向美国东部巴尔的摩一所学校，希望先运动到那里做一个访问学者，再作别的打算。投出申请书后，我惴惴不安地期盼着，希望那所学校审查我英文分数时，也能考虑我目前表现出来的研究能力。

毕竟，中科院目前让我参与的工作项目，也属于生物化学的尖端领域。为此，我申报的生命科学学科，与自己正在做的研究，实际是有相当密切的联系。美国在这个领域处于世界领先地位，而我申请的导师则是美国科学院院士，研究思想十分新颖，对世界生命科学的发展做出过很大的贡献。

当我收到访问学者邀请通知书时，兴奋得心都要跳出来了。但这份通知书同时也带来了新的困扰，我面临"硕士毕业以后应为国家服务五年"的政策限制。国家同时规定，如果辞职，可不受这个规定的限制。

足足想了一个晚上，我决定辞职。这在当时中科院硕士研究生中间，实属大胆之举。当时我的同事们听了都很吃惊："你怎么不为自己留条后路呢？"瞧瞧我们的劣根性，明明是抛弃祖国，但还要求祖国为自己留一条后路。简直就是说，明明是自己离开夫人与别的女人跑了，还要求夫人留在家里等我回来。

外面的世界，充满了未知数。辞职意味着不能再回中关村了。那个时候，中国还没有什么民营企业，也没听说研究生当个体户的，户口和工作单位是人们在中国生存不可缺少的东西，更何况是中科院这样一个人人向往的最高科研机构。辞职，实在是一个非常冒险的举动。我不知道，一年半载以后，自己的双脚会踩在何方土地上。鲁迅先生好像写过一篇文章，讨论易卜生的娜拉出走以后，将是什么景观。我大概要算中国的娜拉了。不过，中国没有对不起我，是我对不起中国。

然而，美国像是远方天空中一盏高悬的明灯，它亮过了天上所有的星星，时时刻刻召唤着我。手里握着每月800美元奖学金的通知书，我对未来充满幻想。伴随着德沃夏克的《新大陆交响曲》，我闭上眼想到，凭着我的学历、工作经历和强壮的体魄，应该不至于在美利坚的土地上站不住脚跟吧？而且，每个月800美元，那是一个多大的数字。传闻说，美国的生活极其便宜，吃饭一个月60美元就够，住房只花100美元。我决心破釜沉舟，到美国去。

于是，我的户口很快从中科院转回街道。紧接着，我开始一环扣一环地申办护照、签证。从拿到通知书，到登机离境，前前后后不到三周，真是干脆、利落。走的那天，我仍然如在雾中，自己都不大相信，明天就真到世界另外一半去了。我激动兴奋地登上了飞机，把父母留恋的面容，把故国山河，一切的一切，都抛在身后。很多年很多年以后，我才明白，自己抛弃的是人世间何等、何等珍贵的东西。

飞往美国

别了，中国。别了，我的朋友。

漫长的飞行开始了。以前，我从北京去兰州上大学，单程就要坐两天一夜的火车。18个小时的飞行，和两天一夜的硬板车比，简直不算什么。而且，去甘肃和去美国，怎么相比?

整架飞机上，满载着多是像我这样充满幻想的年轻学子。坐在我身旁的小伙子一路上喋喋不休，兴奋异常。等到飞机降落时，他情不自禁地欢呼："解放区的天是明朗的天！"看看"共军"培养出来的这些坏小子，就是离开"共军"了，用的语言、考虑事情的方法，都还全是解放区的那一套。

想一想，真是这样，就是以后我们在美国失业了、没房子住了、女人也跑了、甚至跑外卖也没拿到一美元小费时，骑车飞驰在都市的街头，迎着满天的飞雪，我们扯着嗓子唱的还是："红军不怕远征难，万水千山只等闲！"

飞机在上海短暂停留时，我从虹桥机场打电话给李静——一位久违的女朋友，向她话别。我们是兰州大学的同学，走得近，别人就说静是我的女朋友。我们起初也没有当真，不理别人的闲话。后来，好像真的有了一些那方面的意思。但是，毕业了，她去了上海；我到了北京。我们保持联系，但书信慢慢的稀疏了。静在话筒那边沉默了好一会儿，用迟疑的声音嘱托着，似乎想开一句玩笑，但又开不起来。

别了，中国。别了，我的朋友。

飞机从上海起飞，冲出云海，很快飞临黄海上空。落日的余晖，照耀着碧波万顷的大海。归帆点点，仿佛能隐约听到和平而安宁的渔歌。我明白飞机已经飞出了中国领空。俯瞰着辽阔的大地，面对着沉沉的夜幕，我想起许多往事，感慨万千。

我对西方有一份神秘的感情。高中一毕业，就往西走，到兰州去读大学。今天，我又往西走，一直向西飞，追逐着太阳的脚步。航程的前方，就是“五月花”号上诞生的美利坚合众国。在它的土地上，似乎永远回荡着德沃夏克的《新大陆交响曲》，那经久不息的旋律，始终洋溢着生命的激情。

飞机穿破夜幕，轻盈地掠过日本列岛。福冈、名古屋、东京，串串明珠如繁星满天，洒落在人间，闪烁出人类文明夺目的光辉。我很直接地感觉到了日本工业的先进，觉得即使保持今天的速度，我们要赶上日本，至少还需要15年的时间。

经过七小时飞越太平洋的长途航行，我们到达了北美大陆，在阿拉斯加的首府安克内奇降落。这里是皑皑的雪原，气温大约在摄氏零下20度。我下机时带上了围巾、皮茄克和毛裤，结果发现机场十分现代化，一点儿没有冷的感觉。

安克雷奇机场是美国面向远东地区最近的机场，跑道上停着日本、韩国和中国的飞机。安克雷奇是军民合用机场，据说如果发生战争，可以在24小时内从这个空军基地向朝鲜或台湾地区投送两个轻装甲师。

从安克雷奇起飞时，刺目的朝霞射进了舷窗。安克雷奇的清晨，是纽约的正午；而纽约的正午，却已经是上海的子夜了。想起了凡尔纳的《环绕地球80天》，书的结局，81天变成80天，我算亲身领略了这份神奇。

终于飞抵纽约上空。这伟大的城市宛如一轮明月。入夜的帝都，气势恢宏，无边的灯海如同水晶和宝石缀满大地。当CA981次航班从弯月形城市的正中冲向肯尼迪机场JFK时，纽约就像一个张开双臂的巨人在欢迎我们。巍峨的帝国大厦高耸入云，像一顶金色的皇冠。

JFK机场的惶惑

人如同汪洋大海中的一滴水珠，随时可能消失。

一出机场，我就怔住了。原来说好有一个熟人的孩子到机场来接我，然后帮助我转到离纽约不远的巴尔的摩，但转了好几圈也没找到他的人影。我按照号码拔了一个“对方付费”的电话，那人很不耐烦，生硬地扔回一句话：“我没时间。”

已经是下午5点钟了，天色渐暗。我握住口袋里仅有的100美元，茫然四顾，有些不知所措。

机场外面，停着中国大使馆的接待车。如果住到使馆的简易宿舍去，要花17美元。我和初到美国的中国人一样，什么价格都要先折换成人民币。这一折，17美元就成了我原来一个月的工资，折得我心疼不已。

于是，我眼巴巴地望着使馆的车开走，横下心来，打算在纽约机场度过自己的美国初夜。后又转念一想，何不问问别人如何去巴尔的摩？先前读过的《留美须知》里介绍过，可搭乘灰狗，也可坐火车。

可是我的破英文，还没张口就心里发怵，能不能让别人听懂都成问题。于是我像一个小心的猎人一样，细心捕捉周围人讲话的声音，希望能辨别出熟悉的乡音来。果然，我很快就听到了亲切的华语，赶忙上前询问。就这样，我遇到了林家卫。他是我在踏上北美大陆后第一个帮我解脱困境的华人，他的名字我一直没有忘记。

林家卫是台湾人。遇见他这么一个古道热肠的华人同胞，真是我的幸运。他本来是到机场来接太太的，听了我的叙述后，建议我去乘火车。他不仅告诉我从纽约到华盛顿的火车时刻，还主动开车把我送到火车站。“反正顺路嘛！”而且，他还介绍了巴尔的摩的一个熟人，说那人正好是我要去的那所学校的学生会主席。“你放心，他会来接你，还会给你安排住宿。”林家卫的热心恳切，让我心头一阵温暖。

多年以后，我重游纽约，才有机会直接面对曼哈顿的雄伟。可是，当年林家卫带我穿过的小街，却是远离高楼和洁净。纽约的贫穷、脏乱、不安全，第一次映入我的眼帘。我看到的是破败的街头小店、无所事事的黑人、街头停泊的掉漆的旧车。

火车站内的情形更让我触目惊心，里面三教九流各色人种，都熙熙攘攘地混在一起。墙角一堆散发着臭气的破衣下面，睡着流浪汉；旁边的排椅上坐着一堆目光游离的男人，很像是吸毒者。我穿行其间，语言不通，陌生、害怕，觉得自己好比汪洋大海里一滴无名的水滴，随时都可能消失。

开往巴尔的摩的火车凌晨三点发车。我拖着两个沉重的箱子，里面装着我全部的家当，陷落在这一群冷冰冰的陌生人中间，不由得忐忑不安起来。环视巨大的火车站内，人头攒动，有相当多的警察在巡逻，这让我振奋些许。

我全然不顾长途旅行的疲劳，忍着饥饿，拖着箱子，慢腾腾地跟在警察后面。他停我停，他走我走。就是上厕所，也请警察帮我照看着行李。这么走走停停，熬过了我踏上美国领土的最初几个小时。

上火车后，我疲惫的身心一下子松懈下来。在车箱微微摇晃中，我迎着无边的夜色，渐渐入睡。火车到达巴尔的摩车站时，天色刚刚泛白。我不愿在清晨6点钟吵醒人家，于是又等了一个多小时才打电话给林家卫的熟人。

原来，他是台湾学生会的主席，大陆学生有自己的学生会。我从他那里得到了大陆学生会主席的电话。一切顺利，大陆学生会主席很快到车站来接我。他是一个学化学的上海人。因为是周末，我没办法找到住宿，他很热心地将我留宿在他家的客厅里。

一地鸡毛

我一定要奋斗，打出一片新天地。

星期一，我开始了自己的留学生活。首先，到附近超市买一个便宜睡袋，在学生会帮助下找到一个分租的房间。连分租的押金都是好心人代缴的。然后，去学校报到、到银行开账户、去实验室会见导师、同事。

一个月不到，我就知道800美元生活费不是一笔花不完的大数字。月租100美元的住房，是七八个人合住的狭小空间。住在潮湿的地下室，终年不见天日。掀开旧床垫，下面霉迹斑斑。

60美元吃一个月也有可能，那要花很大一番力气，必须设法只买降价食物，比如碰上25美分一磅的鸡翅膀，买下来可连续吃二十天，最后吃得你看一眼就想吐。

中国人闯荡江湖，出门靠朋友。但是在美国，所有朋友都和我一样艰辛，能够依靠的是自己的节俭和努力。访问学者们多做短期打算。除了学得一点儿知识、练习几句英语外，更主要的任务是攒出一笔美金带回国去。因此，他们处处节约，想方设法打工挣线。

每次为访问学者送行，我都怀着十分复杂的心情。看见他们大包小包地打包，手里拿着礼品分配名单反复核实，就忍不住叹气。国内亲友真不知道他们在外边如何精打细算才能省出这些礼物。比如那套意大利西装，其实就是花几美元在别人搬家前甩卖时挑选买下的，然后用公费干洗，令其焕然一新。我们中国人为家人、为虚荣不惜抛脸面、洒汗水的那番功夫，真不是美国人能够理解的。

但是，每一次我都对自己坚定地说，我到美国的目的不在这里。我不要仅仅攒出几块美金来，一定要奋斗，打出一片新天地。

破釜沉舟

几次碰壁后，我第一次动摇，也许，应该像其他访问学者那样打道回府？

巴尔的摩离美国首都华盛顿不远，是濒临大西洋的一个港口城市。巴尔的摩的水族馆，是美东地区的一个旅游胜地。巴尔的摩的《太阳报》，也是美国一份很有名的报纸。

我所在的学院有很高的学术水准，在每年全美高校排序中都名列前茅，是这座城市的骄傲。

学院建筑经典保守，似乎与这个学校朝气蓬勃的学术气氛不太协调。听说我们这个学院招收录用新教师时，最为看重的是那些年轻有为的学术新秀。

能够从这个学院直接升入博士班深造，是我最好的选择。我开始旁听课程，极力打听申请入学的各种事项。可是，由于自己托福考得太差，一时也无法弥补，只好眼睁睁地看着错过申请期限。

这期间，我一直跟着导师塞缪尔先生做试验，他是个年届80岁的慈祥老头，曾在生化科学领域出版过重要专著，并当选为美国国家科学院院士。但是，他年事已高，手头掌握的项目资金也渐渐稀少。我在他手下只干了一年，他就没再续聘我。

塞缪尔对我动手试验的能力评价颇高，这要感谢兰州大学化学系四年本科训练的扎实基本功。

兰州大学虽然地处西北，但它在教育部直属重点大学中一直占据着重要地位。特别是八十年代初期，原清华大学校长刘冰执掌兰州大学校长一职。在“反右”、“文革”等历次政治运动中，有许多从清华、北大、复旦、浙大等名校揪出来的大牌学者被打成“反动学术权威”，流放甘肃。他抓住国家为他们平反的机会，力邀他们出任兰州大学教职。

这批挑了十年粪、喂了十年猪的“臭知识分子”突然获得解放，备加珍惜重新得到的教学和科研机会，对学生要求十分严格，精益求精。特别是兰州大学化学系，精英荟萃，尤以学风严谨、注重实验而享誉学界。这是中国科学界的春天，是兰州大学的春天，我本人也深受教益。

塞缪尔认为我最大的问题是英语沟通困难，他建议我找一个华裔教授当导师，可以消除交流障碍。塞缪尔向三位来自台湾的华裔教授推荐了我，希望他们接收我做博士生，或继续做访问学者。

第一位教授对我毫无兴趣，打了一通官腔就把我打发了。

第二位教授见面说："你的英语那么破，在美国怎么混啊？你们从大陆过来的这些人接受的是什么教育，太可笑了！"我听了他的话，真是气得七窍生烟，但有求于人，只好强忍着没说话。

第三位教授曾访问北京，并到我以前所在的中科院研究所做过学术交流。当时，所里派我陪同接待，两个人曾谈笑风生，相见恨晚。我抱着很大的希望和他见面。谁知他完全变了一番面孔，很严肃地扶了扶眼镜，不苟言笑地说："你真要读博士，就必须自己下功夫努力。"

几次碰壁后，我第一次动摇了，也许，我应该像其他访问学者那样打道回府？

可是，一想到自己辞职时那种勇气和决心，又老大的不甘心。"至今思项羽，不肯过江东。"楚霸王无颜见江东父老，我也无颜面对旧友同事。只有破釜沉舟，自寻出路了！

时间仓促，又受到访问学者的身份限制，我只好放弃在巴尔的摩继续上学的想法，转而面向其他一般大学提出申请。非常幸运的是，果真有一所中部地区的学校有了回音。那所学校的指导教授看中了我所做的科研项目，觉得很合他的胃口，就降低语言要求，同意接收我。

这次接到入学通知，远没有在北京时那么兴奋了，心情反而有点儿沉甸甸的。我强烈地意识到，要想在新大陆站稳脚跟，必须首先攻破语言关。如果不能说一口流利的英语，将永无出头之日。

第六章　初识佳黛

布拉顿的个人主义

很多年后，人们问我，美国人究竟有什么地方和我们不同，我细想了一下，第一个想到的就是“个人主义”。

布拉顿是学院的助教，对中华文化有很友好的感情，是我在巴尔的摩很聊得来的朋友。他的父亲是伊朗人，母亲是法国人。同时兼备法国和伊朗文化背景的布拉顿喜欢和我聊法国文学，也聊伊朗政局。我们讨论巴尔扎克、雨果、莫伯桑的小说，发现人类文化有很多相通之处。而当布拉顿向我比较巴列维国王和霍梅尼时，又让我意识到，在一个发生巨大社会变迁的国家，作为一个独立知识分子，如果不想被强大的宣传报道所左右，就必须用自己的头脑去思考，用自己的眼睛去观察。

我原以为布拉顿在美国长大，深受西方文化影响，肯定赞赏亲西方的巴列维国王。不料，他告诉我，巴列维在伊朗推行全盘西化是削足适履，完全忽视了伊朗这个具有悠久文明传统的东方民族的文化和宗教根基。同时，巴列维采用残酷手段消灭异己，激起了人民的广泛反抗。之所以有这样的巴列维，才有了后来的阿亚图拉·霍梅尼。布拉顿的父母都是现代知识分子，受到母族文化的深厚影响，他们把纵贯东西的文化观察视野带给了儿子，使他能够以特殊的眼光来观察和思考今天的世界。

按照美国人的眼光，布拉顿算有色人种。我多少有些好奇，他是不是在美国感受到种族歧视呢？他如何融入美国主流社会呢？布拉顿说，种族隔离不存在了，但他在学校做助教，看得很明白，在实验室内做实验时，还是白人愿意跟白人一起做，黑人愿意跟黑人一起做。

布拉顿说："这没有什么了不得。种族的融合应该是自愿的。反对种族歧视是强调个人基本的平等权利，但也尊重个人文化倾向的选择。你看，美国每个大城市里都有爱尔兰村、意大利村、中国城和立陶宛、犹太人、朝鲜人、俄罗斯人组成的社区，几乎每个国家的移民都有自己的聚集地，有自己的教堂。美国社会提倡的文化兼容，是在尊敬、保护的前提下，各种民族之间的相互交流与接受，一切都不是强迫性的。" 布拉顿补充说，美国讲平等，也讲尊重，尊重各人自主的选择，怎么适意怎么来。

在巴尔的摩期间，我和各式各样的美国人打交道，觉得他们也是普普通通的人，也有小心眼儿，有嫉妒，有自己控制不了的情绪波动……总之，和我们一样，都是凡人琐事。很多年以后，人们问我，美国人究竟有什么地方和我们不同呢，我细想了一下，第一个想到的就是"个人主义"。不过，美国的个人主义与我们过去理解的“自私自利”似乎有很大不同。

布拉顿给我上了美国个人主义的第一课。他说，集体主义的原则是一个人应该为国家和大众而存在：“一块砖只有和许多砖粘合在一起才能发挥作用。”我说，在我们中国有一个人人皆知的语句，就是我们每一人都要做社会主义祖国建设事业的一颗永不生锈的螺丝钉。布拉顿满脸同情地说：“如果一个社会把个人过分地渺小化，其实就是剥夺了这个人在社会中应该享有的权利和尊重。个人主义，是每个人对自己负责任，同时把别人当做同等的个体给予充分的尊重。”

布拉顿见我有兴趣，就做了进一步解释。他说，个人主义反映到日常生活中，就是首先尊重别人的私生活，不打听别人的隐私，不传播别人的小道消息。其次，就是在工作、研究和生活中，体现出自己的个性，比如服饰的品味、个人的喜好、特立独行的生活方式等等。总之，在美国不能随大流，推陈出新、标新立异，倒是备受推崇。

布拉顿和我这个天生的唯物主义者对话，对我最大的启示，就是人活着还真不能太“唯物”，有时候搞一点唯心主义，对健康有好处。这“个人主义”，也和辛迪亚的“为自己活着”遥相呼应。自己只和自己比，自己的感觉更重要，因此有话就要说出来，而不先考虑“别人会怎么看”，好像整个社会都鼓励“有话就说出来”，当然，这和饶舌议论他人不一样，说出来的是自己的感受，不是别人的私事。布拉顿告诉我，美国有很多倾听别人诉说的地方，比如“热线”，“心理辅导”等等，整个社会鼓励“说出来”，现代人压力大，不说出来恐怕会引起心理健康问题。

亲爱的罗拉

罗拉是这样一个女人，如果她告诉我，明天她要打着背包一个人去西藏，我也不会吃惊。

明天就要离开巴尔的摩，我去向罗拉道别。罗拉在这里读博士后，她个性开朗，敢作敢当，经常为我打抱不平，不允许别人嘲笑我的英语口音。我的英文名字“迈克”就是她取的。我们保持着亲密的关系。

我个子比她高，但喜欢蜷着身子依偎她，静静地匍匐在她丰满而开阔的胸脯上。罗拉可不是一个寻常的女人，激情来临时像一个疯狂的舞者，平静的时候又像一汪清澈的温泉。如同中国的古话形容：“静如处子，动如脱兔。”

不管是和她一起在操场跑步，还是到海边牵着手散步，还是去爬山，罗拉的呼吸总是那样均匀、镇定，她的身体就像亚历山大大帝踩着鼓点前进的马其顿军团，坚定不移地追随着大流士的踪迹，从容不迫地向东方前进。

我在国内交的女友静是上海人。静长得很有东方淑女的精致，待人接物都温文尔雅，喜怒哀乐极有分寸，还有一点儿对男人的娇嗔和依附。她在我面前是那么的娇小，可又令我有些害怕，总得让着她。

罗拉完全是另外一种类型，她决不言败，决不依附任何人，骨子里永远奔腾着滚烫的血气，横冲直闯，勇往直前。如果她告诉大家，明天她要独自一人背着包去爬喜马拉雅山，系里也没有一个人会怀疑和吃惊。和罗拉这样的女人交往，对我在身体和心理上，都是巨大的震撼和撞击。

罗拉听我说要到芝加哥去上学，没有表现出丝毫的意外。她神色平静地说："正好，我明天开车回俄亥俄，你就坐我的车。我可以带你走一大半路程，然后，你自己坐灰狗去学校。"和她在一起，永远不需要做作，永远不需要矫饰。出发前，我们做爱，就像洗澡、跑步一样，一切都是那样自然、适意。

罗拉的福特车一路向西，翻越阿巴拉契亚山脉。漫长的旅程，愉快的攀谈。驶过潘索维尼亚山道时，我们一边欣赏满山的秋色，一边聊各自的经历。我们的人生经历是那样不同，而年轻人对外部世界的向往和追求，都是那样的强烈和不可遏制。交谈中，我们禁不住笑出声来。罗拉扭过头，给了我一个软软的香吻。

她一边开车，一边扭过头来说："看来，你是一个坐在教室的硬背椅上，背着手，和其他中国小孩子一起齐声背古诗，是这样子长大的？"她告诉我，美国学校的课堂经常变换座位和布局，老师最鼓励学生的就是积极发言，勇于表达自己的独特见解。很小的时候，父亲就带她去划独木舟，是只能坐一个人的小船。爸爸总是说："罗拉，别怕，试一试！"

"别怕，去试一试。"这是小罗拉从父母、老师和其他大人们那里听到的最多的话。

我们中国人好害怕丢面子，不愿意接受失败。美国教育一条很重要的法则，是勇于接受失败，从失败中奋起。学校在争新项目时，人人奋不顾身。罗拉说，并不是有了百分之百的把握才去申请项目。通常情况下，如果有五成到七成的把握，就会尽全力争取。“只有这样做，才可能推动和鞭策自己，把自己最大的潜力都挖掘出来。”

我向罗拉介绍了鲁迅先生批判的阿Q精神。“谁不犯错误呢？”“我下次会做得更好！”“这次失败了，十年后老子又是一条老汉！”罗拉听了居然说，这阿Q太聪明了！聪明和勇敢的人，就是在失败的时候有良好的心理调适能力，能够自我安慰，从乐观的角度去对待失败。

罗拉拍拍我的手说：“美国是一个疯狂竞争的社会，虽然有好多漂亮的言辞，但背后掩盖着的仍然是丛林法则。受伤是难免的，也没那么多人婆婆妈妈地来安慰你。是猛虎，就要学会自己舔流血的伤口，再从血泊中一跃而起。”

无限风光在险峰

看见她红光满面的兴奋样子，我有了不安分的念头。

罗拉指着潘索维尼亚的盘山道说：“如果害怕冒险，我们就不可能欣赏山顶独特的风光！”我赶紧接话茬儿，把毛主席“无限风光在险峰”的诗词背了一遍，重点讲解“仙人洞”和“乱云飞渡仍从容”，听得罗拉哈哈大笑。罗拉说，你们中国最伟大的男人就是毛泽东，谁都比不上。

看见她红光满面的兴奋样子，我有了一些不安分的念头。罗拉瞧出了我的坏心眼，狠狠地嗔了我一眼，转换话题问道：“你这个人蛮有诗情的，怎么想到学理科？”

我正襟危坐，给她讲起居里夫人、爱迪生、费米。我说，我们的国家经过十年动乱，百废待兴，最需要的是科学现代化。大学停办了十年，我们是中国重新恢复大学后最先进校的青年，我们每个人都有一种为国效力的使命感，所以，理科最时兴。

罗拉若有所思地说："中国太远了，我什么时候一定要去看看你的国家。我还是第一次交中国男朋友。"

她突然问道："你怎么知道自己特别适合干这一行，而且真正喜欢这一行呢？"

我被她问得愣住了。在中国，我们的成长路线似乎很自然地被环境、单位和家人规定好了，哪有机会去试别的选择。千百年来，中国都是媒妁之约，自由恋爱是近一百年不到的事。选配偶和选职业，后者肯定比前者更难吧。

罗拉告诉我，美国学校只泛泛教授基本的知识，留出相当的空间允许孩子自由发展，发现自己的兴趣，寻找到自己真正喜欢的职业。多元化的选择，允许人们有不同的尝试。

"你看我们周围多少人是为父母之命，或为赶时髦而苦苦钻研一门学问呢？有人年过四十，只拿两三万美元的年薪，但做起事来其乐融融。那是因为他们找到了自己真正喜爱的职业。生命是属于自己的，一辈子干一件自己不喜爱的事情，比一辈子和一个不喜欢的女人一起生活，更叫人痛苦。

"人活一世，不问你能做什么，而是问你喜欢做什么。人做事，一定要有他个人的兴趣，有热情，有目标，这样才可以一步一步地接近目标。人是为自己的幸福而生存，那幸福不需要与其他人比较，也不需要瞻前顾后，因为，这是你自己的事情，命运掌握在你自己的手上。”

罗拉和其他的美国人没什么两样，把我们这些外国人当成了传播美国教义的对象。她们在这种传播中体会到了信仰和自由的伟大，而享受着无限的精神愉快。罗拉说起话来滔滔不绝，要让她关上话匣子可不容易。

我们的车平滑地驶过一个加油站，休息区的长椅上挤满了卡车司机，他们一边举着啤酒，一边对着正在转播NBA的电视屏幕大喊大叫。我想起了在兰州大学读书时为中国女排欢呼的场景，那次我们把宿舍里的脸盆和温水瓶都扔出窗外，还有人站在窗台上使劲挥舞脏兮兮的床单。

罗拉的话把我从那个热闹和疯狂的场景拖了出来，她在很陶醉地讲述《芝加哥时报》一位著名影评家病逝前对女儿说过话：“孩子，不要为我英年早逝而难过。我这个人实在是太幸运了。这么多年我一直干的是自己最喜爱的事情：看电影、发议论，而且干了这些喜爱的事情以后还拿钱、出名。有我这么幸运的人真是不多啊！”

我看着罗拉像演员背台词一样投入，了解到很多美国人的人生梦想，不是出人头地，不是当总统、当总裁、当亿万富翁，而是做自己喜欢的事情。

一辈子做自己喜欢的事，为之沉醉，为之奋斗一生。那么，中国女排的姑娘们，她们似乎不是这样的。而为女排胜利而疯狂的我们，那火热的青春热血，似乎也不是属于我们个人的。我凝视着罗拉湖水一样清澈的大眼睛，思考着人生的意义。

我的确比较喜欢理科，在安静的实验室里思考，尝试解决面临的难题，带给我在神秘的知识海洋里尽情游弋的快乐。不过，去兰州大学读化学系，再进中科院读研究生，真的没经过什么仔细的思索，是在没什么别的选择的情形下“喜欢”上的。在上个世纪80年代中期，中国学生的人生轨道，似乎是命中注定的，很难有更多的选择，不要说我从来没有尝试过别的学科，就是连“想一想”也不曾有过。

美国是一个资本至上的社会，金钱是决定一切科学活动、商业活动、文化活动、政治活动甚至战争与和平的最后动力。金融寡头和财团巨擘，是屹立在美国社会顶端的巨人。最真实的美国梦，不是房子和汽车，而是在华尔街占据一间独立的办公室，每天早上到洛克菲勒中心顶层的彩虹厅与其他商界领袖共进早餐，决定世界油价、金价、汇率和股市指数的进退降升。

我是一个野心勃勃的青年，不远万里来到美国，如果只在实验室里洗一辈子试管，好像不大符合我的初衷。当我和罗拉处朋友时，一起过来的中国哥们儿就怀疑我脑子出问题了，他们说中国男生泡不了洋妞。

那晚，我和罗拉在汽车旅馆里做爱了。在她气喘吁吁的叫声中，我的脑子里却回响着她另外的话：“你的生命是你自己的。活，不是活给别人看，而是要做你自己喜欢的事。你试过了吗？”我狠狠地说：“我要试，我要试！”一边喊一边用劲，把罗拉再一次带上了快乐的高潮。

离开罗拉后，我去芝加哥继续读理科，以保持在美居留的合法身份和一份基本收入，但试图寻找到更好的机会。

挡在头顶的玻璃

一个玻璃天幕挡在头顶，你看得见外面的蓝天白云，却打不破这道天幕，你是被阻隔在另一块天地的小鸟，飞不上去，成不了天空翱翔的雄鹰。

美国农业部副部长任筑山是不多几个博士出身的华裔高官。他曾发表过一个演讲，题目是：《有没有玻璃天窗？从我的个人经历谈起》。这次演讲非常有名，他提到的“玻璃天窗”一词，在海外华人中广泛流传。

少数族裔人士要打入美国主流社会，必须经历一道看不见的障碍，就如同一个玻璃天幕。你看得见外面的蓝天白云，但就是打不破这道无形的天窗，被阻隔在下面，如同一只小鸟，永远也飞不上去，变不成翱翔天空的雄鹰。

玻璃天窗对于一个土生土长的华裔美国人来说，都是一个需要奋力突破的障碍；那么对于我这个赤手空拳、刚踏上美国大地的陌生人而言，这玻璃天窗就简直是一道天幕了。我面临的最大问题是语言障碍，这道天幕甚至不是透明的，如果我不用力推开它，那后面的辽阔天空就与我无缘。

我的新导师昊教授年轻有为，毕业于哈佛大学，28岁就升为正教授。但昊的实验室雇了七个人，其中五个是中国人。中国人在实验室里用华语沟通，回到与中国人合租的宿舍里，更是叽里呱啦的中文，滔滔不绝。时间一久，发现我在语言方面更多的进步，是更加熟悉了中国其他地方的方言，英语不仅没多大进展，反而把别人奇怪的英语发音传染上了。

我立即到学校的语音纠正班注册上课，无论多忙都绝不脱课。语音纠正班是学校专门为外籍学生设置的课程。那里有先进的仪器，专门测试学生的发音频率和升降调，然后与标准发音进行对比，让你一目了然地知道自己的症结所在。学生只要肯花时间练习，总可以把自己的发音发得和机器里的标准音一样纯正。

然而，这个“肯花时间”比我想象的要艰难许多。一个单词可能是上千次的重复练习。有时候，我眼睛望着那两条曲线，一条反映我自己的发音频率，一条是标准频率，眼看着它们很接近了，可就是永不吻合，真急得我满头冒汗。枯燥的练习，也让我一会儿就唇干舌燥、有气无力。不少同学耐不住性子，半途放弃了。我坚持每个周末都进语音纠正室，在里面消耗了大量时光。

当时，我正好借了本《赵元任传记》。赵元任是最后一批庚子赔款的留学生，是中国近代史上知名的大学者。他原本学理科，获得康乃尔大学物理学士学位，同时又研修语音、音乐和社会科学，最后获得哈佛大学的哲学博士学位。最让我惊讶的是他这个大清遗民后来居然当上了美国语言学会副会长。我在书中看到他戏言太太：“你胆子可真大，虽然说的可真错。”不禁笑出声来，赵太太这种“厚脸皮”果真让她迅速提高了英语交流能力。

在巴尔的摩，罗拉见老美嘲笑我的英语发音时，总要奋起反击，而且每次都鼓励我：“别理他们，一定要张嘴说。语言不是什么了不起的东西，就是与人沟通嘛，你说出来，别人明白了就行。而且，只要勇敢地多开口说，自然就会慢慢好起来。”这样，我的胆子越来越大，不管老美在谈什么话题，我都厚着脸皮凑过去，暗自鼓励自己：“别怕，大胆张口说。”

星期天的销售课

销售课第一次带我走进商海。

离开巴尔的摩后，我和罗拉的联系越来越少，布拉顿也辞去教职，不知搬到什么地方去了，但他们说的话却深深铭刻在我的心间。在吴教授手下做事的时候，我悄悄地寻找其他出路。不久后，我自费参加了一个销售学习班。

我是北京人。北京有许多我喜欢的东西，特别是北京人艺，几乎他们推出的每场话剧，我都要跑去看。当全国人民还没在电视上认识宋丹丹和徐帆时，我就对她们相当熟悉了。人艺排过一台戏，是米勒的话剧《推销员之死》，我印象很深。去上销售课时，我脑子里回旋着的就是戏中的情景。此外，北京胡同里串来串去的小商贩，也是我对推销员最原始的记忆。

北京人向来看不起小商贩，下意识地把他们与奸猾行商划上等号。三教九流，七十二行，不到万不得已，北京人很难放下身段去当商贩，沿街吆喝卖东西，丢不起那个人。到美国后，我发现美国人和中国人最大的区别，就是决不耻于说钱。中国传统文化是“义”中当先，关羽过五关斩六将，赵匡义千里送京娘，鲁智深野猪林救林冲，图的都是一个“义”字。中国大丈夫，千秋忠义，顶天立地，岂能贪图蝇头小利，坏我一生名节？

但是，美国人的机智聪敏都用在逐利上，凡事先确定利在何处，投入回报比例多少，风险多大。一旦算清楚，决不瞻前顾后，一定毅然决然地往前冲。言及经商和投资，大多数美国人都抱着严肃和认真的态度，决不犹抱琵琶半遮面，把“义”字做挡箭牌，挡在追名逐利的前边。

“走到哪匹山就唱哪匹山的歌。”这是我读兰州大学时一个四川同学经常说的话。和北京大爷比，川哥更灵活，更放得下身段，更适应环境。我喜欢这一点。到了美国，就要唱美国的歌。而美国最流行的歌，就是打赢商战，做一个在商场上叱咤风云的金融巨子。抱着这样宏大的理想，我走进了商学院的课堂。

第一堂课，老师让同学们作简短的自我介绍，然后把我们分成几个小组，每个组里的人分别扮演推销员和顾客。老师拿出一个小电器分发给我们：“现在，请你们试着推销这个产品。”

轮到我时，我窘迫得不知说什么好，脸涨得通红，耳边只有北京胡同里小商贩的喊叫，嘴里不由自主地说：“买吧，买吧，不买你会后悔的！”结果，自然没有推销掉那件电器。

这样，当老师讲授时，我的耳朵竖得比谁都直。直到现在，这堂课讲的推销原则我还能倒背如流：

第一是自信，能够站在大庭广众下侃侃而谈。如果你本人都躲躲闪闪，别人怎么信任你的产品？

第二是“不怕被拒”，第一次被拒绝了，就试第二次，一次次试下去，总有一次被接纳。

第三是要“自来熟”，首先推销你自己，让别人喜欢你，信赖你。接受你，然后才接受你的产品。

第四是会对症下药，能够察颜观色，摸清顾客的生活方式和心态。工程师崇尚实用，艺术家重视感受，家庭主妇对价格敏感，中产阶级的男士关心产品对他“社会地位”的影响，等等，每个人的价值取向不同，必须抓住对方特点，知己知彼，百战不殆。

第二堂课，轮到我们组“实习”时，就出现了这样的场景：

“啊哈！你看起来好面熟啊，你昨天是不是到教堂去了？我看到有个人站在后排，唱歌的声音特浑厚，那人长得很像你。”

“哟，你身上这件毛衣在哪里买的？我很喜欢这个色调，显得很有品位。”

通过套近乎，和陌生人融洽了关系，引出了顾客的笑容，接下来谈产品就要顺利多了。老师扮演顾客，他最后还是不肯买。那么，我就说：“哎，不得不走了，家中还有三个小孩子等着吃晚饭。今天运气不太好，明天我再努力！不好意思耽搁了你这么长时间，对不起！”

老师哈哈大笑，说：“算了，你也不容易，今天不知被人家拒绝多少次了，我还是买下吧。”一笔生意做成了。

壮士断腕

我拎着黑色公文包，来到某医学院大楼的走廊。和往常一样，我勇敢地逢人就问：“你那里有没有工作？”

再去上销售课前，我在镜子面前认认真真地打领带，耳边响着老师的提示："告诉自己，我很潇洒，很招人喜欢，让人信赖。"蹦蹦跳跳出门，我也很"老美"地打一个响指，自信满满地走向陌生人，和他们打招呼，把灿烂的微笑献给他们。

几堂课下来，我发现做销售员其实就是做自己的老板。做这种工作，没人指挥你，没人指手画脚地给你布置任务。如果你自己不努力，那么什么也不会发生，也不会有任何的销售业绩。

利用业余时间悄悄跑商学院，让我眼界大开，心也一点点变"野"了。我加入了"小企业家"俱乐部，开始大量阅读理财、创业和经营方面的书籍，也开始结交商界的朋友。

终于有一天，吴教授满面春风地走进实验室，笑嘻嘻地对我说："恭喜，你上专业周刊了！"我接过他递过来的一本最新的美国专业杂志，看到我的文章和名字醒目地印在周刊目录上，当然，是和吴教授联合署名，他的名字放在前面。两年来，我已在专业杂志上发表两篇论文，都是和吴教授联署的。

吴教授说："再努力两年，你就可以拿到博士学位了！"

遗憾的是，他这句话已经提不起我的精神了。近来，我对手中的实验产生了前所未有的厌倦，去意已生。

如果继续在实验室里待下去，两年后拿到博士学位，然后将是多年的博士后职位，鲜有机会成为大学教授。大多数情况下，大多数时间里，不过是寄人篱下的一个博士打工仔而已。这是我们华人混迹美国大学和科研所最通常的下场。

"进商学院，读MBA！"许多天来，这个念头就像擂响的战鼓，震得我的心不得安宁。我把自己关进卧室，仔细研读各种材料，查看哪个学校容易接受？要求什么样的背景和分数？学费多少？每一次查看的结果都让我垂头丧气。美国的商学院一般都没有奖学金，而我又没有正式身份，无法申请贷款。要进商学院，必须首先搞到一大笔学费。

1991年年底，美国经济萧条，我从报纸上耐心查找工作机会。一次次毛遂自荐，一次次碰壁。但是，我已下定决心，决定放弃可能到手的博士学位，先进唐人街一家中国餐馆当招待，同时继续收集商学院的有关信息，认真复习GMAT（商学院入学资格考试）。

不管是公司，还是个人，用商业语言讲，都存在一个路径依赖的问题。如果要改换既定的运行轨道，重起炉灶，必将付出巨大的成本。在很多情况下，人都害怕付出这样的成本，或者承担不起这样的成本，而不敢扔掉包袱，大踏步地奔向新天地，寻找新前途。

敢于改换人生轨道，将自己重新归零，在人生的征途上堪称壮士断腕。可能是我的诚心感动了上帝，苍天有眼，我终于找到了一个放射研究室的技术员职位，虽然年薪只有二万五千美元，但合同稳定。为尽快凑足商学院的学费，我决定继续去中国餐馆打工。

唐人街的钱柜

《乱世佳人》里，郝思嘉在外面的世界拼打累了，一定要回到她的陶乐去休整放松几天。唐人街就是我们华人的陶乐。

唐人街的由来，要上溯到19世纪的晚期，大略相当于大清末年。当时国家危机四伏，与英、法、俄、日诸列强的战争连战连败，朝鲜、越南、琉球、缅甸等属国相继被占，乃至台湾、香港被割让，黑龙江外相当于19个捷克斯洛伐克的领土被侵吞，东北、山东、蒙古、西藏的地位也岌岌可危。中国从元明清以来延续了数百年的泱泱大国地位一落千丈，具有五千年灿烂文明的中华民族也沦落到了亡国亡种的边缘。

这时，华人流亡海外谋生，形成了华夏立国以来从未有过的滔天大潮。满清政府对流落海外的子民采取“离国即绝”政策，在很长一段时间内对他们没有领事保护，也不承认公民权，华人一离开故国，就沦为国际弃儿。自求多福的华人在十分困难的处境下创造了世界上独一无二的“唐人街”，勾画出了中国人在异国他乡坚韧奋斗的风景线。

《乱世佳人》里，郝思嘉在外面的世界拼打累了，一定要回到她的陶乐去休整放松几天。唐人街就是我们华人的陶乐。当你厌烦了那些勾勾弯弯的洋文，突然看到工工整整的中国字，那眼睛一亮的感觉真是好极了。再信步走进唐人街内那一条条狭窄的街巷，随意浏览街道两旁那一块块醒目的汉字招牌，伸鼻子闻闻中餐馆里散发的菜香，竖起耳朵听满街人叽哩呱拉地讲广东话、闽南话和北京话，那一份亲切的心情让人温暖！在这个人心冷漠的世界，温情全在自己心中，也只有在唐人街，你能够自个儿抚慰自己。那种深山猛虎受了伤，自己舔自己伤口的情怀，实在是世间最弥足珍贵的。

刚到美国的日子，语言不通，一文不名，一个朋友没有。

要是不能立即搞到钱，天地之大，就不会有立足之地。感谢唐人街，感谢我们的老祖宗把中餐的烹饪手艺流传后人。我们的民族真是伟大，几十万中国学子飘洋过海，没有爷爷留下的金条白银，没有奶奶传下的宝钗美玉，在这个完全陌生的国度，两手空空，全靠祖宗传下的这门绝活。

“好男不留爷田地”，是中国文化激励后生自立自强的古训，跑到大洋彼岸来“洋插队”的这一代中国青年，在千百家遍布全美的中餐馆里洗碗、擦桌子、跑堂、送外卖，忍辱负重，卧薪尝胆，就是秉承先人遗训，靠着华夏文化的余荫，读完了大学、研究生和博士，实现了从儒家书生转变为国际化、现代化新人的知识和观念更新，成为华夏民族再生的力量。

由于语言障碍和美国移民法律限制，中国留学生不容易找到其他工作，只有中餐馆的工作最好找。只要走进唐人街，就很容易发现职业，几乎都是餐馆工。中餐馆外经常贴有红色的海报，上面写着：“招企抬一名，熟手，英语好，＄1300”，“杂工两名，生熟手不限，＄800”，“外卖多名，有住处，底薪＄600”等等。只要有意，第二天就可去上班。餐馆的大嫂挺和善的。“刚过来的学生吧？住哪儿？我们这里靠地铁，来往方便，过来干，怎么样？”浪游天下的野孩子，有了这份儿关心，足够了！

最容易的餐馆工是“送外卖”，就是客人打电话来订好饭菜，你骑自行车给送去。送外卖的好处是可以和老板说好，下了课后去上班，这样不耽误学习。按照中餐馆的行情，外卖郎每个月底薪＄600美元，是老板给的。送一趟，客人一般要给一至两美元的小费，逢到客人高兴，偶尔可以得到三至五美元。

但有时遇到刁钻的客人，拒绝付小费，也很无奈。一天跑30个客人，忙下来就有50美元，没有星期天，一个月下来可挣1500至1800美金，是一笔不菲的收入。当外卖郎最危险的是在车流如梭的市区骑自行车。

大街上没有专门的自行车道，外卖郎必须在急驶的汽车夹缝里左冲右突，用人的肉身与冰冷的钢铁较劲，稍有不慎，就会粉身碎骨。不时从报纸和电视上看到外卖郎惨死在车轮下的报道，活生生的同胞像被击落的飞鸟血污遍地地躺在那儿，真是“人为财死，鸟为食亡”。去年芝加哥街头辗死的一个中国学生已读完硕士，正攻读博士学位。他是个从湖南农村来的孩子，家里就指望他功成名就，白头父母期盼儿子光宗耀祖的梦在汽车轮子的无情辗压下灰飞烟灭了。

终于有一天，是一个星期六的晚上，我在中餐馆里已经连续干了十个小时，累得精疲力竭。当我拖着疲惫不堪的身子走回局促的小屋，发现门前堆放着一大堆的信，粗粗一看，多半是广告和账单。实在太累了，冲完澡，我就倒头睡去。第二天吃早餐，我翻捡着那堆信，才发现商学院的录取通知书已经寄来。

我一分钟也没有等，赶去唐人街辞工。当我背着半空的行囊离开中餐馆时，回首一望，我对脏乱的唐人街充满感激。这个闹嚷嚷的地方，是我的钱柜，伴我度过了到美国后最艰难的时光。坐在芝加哥市内的有轨电车上，我从背包里掏出李静和罗拉的照片，借着街上昏暗的灯光细细地端详。虽然这两个女人都和我失去了联系，但好男儿浪迹四方，心里还是要留念想儿。她们两个人即使远在天边，也是我心中一片漂浮的云彩。

第七章　桂园芬芳

整装待发

打开信封，我看到了几行花花的字体。餐厅在密歇根大道上——芝加哥最繁华、最昂贵的大街。

“欢迎你来报到！”商学院接待我的先生笑容可掬，只是目光扫过了我那条皱巴巴的牛仔裤，略微有些迟疑。

注册手续办完后，他递给我一个装饰精美的信封：“请你明天晚上参加一个重要活动。”

他解释说：“我们商学院的规矩，新生乍到，由学校安排一个见面礼。通常是请已升任大公司高管、或现任教授的校友出面，带一名新生去芝加哥最高级的餐馆共进晚餐。”我听了眼睛一亮，联想起古代斯巴达战士，不管是训练还是打仗，都由老兵带一名新兵，协同配合，显示出极强的战斗精神，顿时感觉到，美国的商业文化颇有古风。

打开信封，有几行花花的黑体字映入眼帘。餐厅在密歇根大道，这可是芝加哥最繁华、最昂贵的大街。抬头望一望那位先生，发现他还在注视着我，有些欲言又止的样子。

我连忙问："7点钟晚餐，是不是6点半就要到达？"

"倒不需要这么早，提前10分钟就可以了，不过……"就在这个时候，有电话打来，他连忙匆匆说了一句，"不能穿牛仔裤去。"

原来，他欲言又止的是针对我那身随意的装束。过去在实验室，只要不穿睡衣就好了。如果哪天有人打领带进实验室，会弄得导师和同事都莫名其妙，说不定迎面相撞都会认不出来，还会客客气气地问一声："对不起，先生，您找谁？"

我天天在中餐馆洗盘子，或者在实验室刷瓶子，从来没整过一套正式的西服。返回宿舍，我做的第一件事，就是打开行李箱，把那件从旧货店里淘来的西服抖弄出来，想糊弄过去。

"No、No、No!"同楼的学长拼命摇头，"你打算穿这套衣服去密歇根大道吃晚饭？不行，不行，这顿饭你必须认真对待。而且，以后穿西装的时候多着呢。你现在赶快去买套新的、质地上乘的意大利西服，最好是名牌，可不能糊弄。"

我听了一愣，咱可是穷学生，有空儿还得忙着到学生食堂洗碗、刷盘子呢。

那位好心的学长说："错！你是穷学生。可是，你是商学院的学生。"

他把"商学院"几个字念的又重又响："对于商学院的学生而言，最重要的是要学会融入商业文化圈，在和商界人士打交道时，知道为自己树立最佳形象。以后你就知道了，学校有好几门课程都专门注明必须穿正装。只要穿上笔挺的西装，你就会不由自主地正襟危坐，很快进入角色。”

学长见我听得很虚心，显出满意的样子。他继续说道：“商场如战场。一流的商人，本身就是一艘升火的军舰，随时待命远航。我们必须军容严整，将自己的军舰擦拭得油光锃亮。”

我一听有理，赶紧翻开钱包，把家底都翻出来，到一家专卖店去置办行头。赴美以来，我第一次走进正规的洋人理发店，把自己乱鸡窝式的头发好好拾掇一番。当我西装革履地站在镜子前面时，不由大吃一惊，原来咱也是一表人才！

初识理查德

听了他的故事，我在想，如果第一天理查德卖不出去100美元，他将是什么样的命运？

那顿饭被富丽堂皇包围着。服务生怎么这样漂亮！像男爵夫人一样气质优雅。她深邃的眼睛，笔直的鼻梁将深情的目光校对得像电光一样直射过来，闪得我不敢直视。那地道的伦敦英语带着重重的鼻音，在芝加哥听到这样的发音，很不容易。我的身体坐得笔直，微倾着身体，也把眼神调整得柔柔的，做出专心听讲、目不斜视的样子。

今晚请我吃饭的是大芝加哥地区的“小企业家协会”主席理查德，他是商学院“小企业经营”课程的客座教授，也是这个课目的最大赞助商。据说，我们商学院的这门课在全美都享有一些名气。

美国政府对小企业有特殊扶持和优惠的政策。个人设立公司十分简单，只要100美元加一张申请表，再取一个别人没用过的名称，一家美国公司就诞生了。公司成立后，自己就可以在名片上堂而皇之地印上“总裁”、“董事长”之类唬人的头衔，但红旗能打多久，就全靠你自己的造化了。

理查德轻轻敲击着桌板说：“美国小公司能够存活三年以上时间的只有15%。”他重复了一遍：“只有15%。”大大的鹰钩鼻子两边挂着两只咄咄逼人的眼睛，像电灯泡一样照着我。

理查德能够爬到今天这个的显赫位置，靠的是他不平凡的奋斗经历。

“十二年前，我做股票交易完全失败，成了身无分文的穷光蛋。经历这次打击后，我一个人苦思冥想了很久，不知如何才能重整旗鼓。我出身寒门，没有遗产，不是科学天才，也没有专利。两手空空，有的只是大脑、双手、昂扬的斗志和奋斗的激情。当然，也有破产后那惊弓之鸟式的恐惧。

“一天中午，我来到一家快餐店买了份热狗。我这个人生活十分简单，历来爱吃热狗。但是那一天，我的心思特别沉重，食不甘味，咬着热狗如同嚼蜡，觉得这东西和我目前的生活一样，没有一点滋味和变化，真是不能再吃下去了！

“突然，我灵机一动，为什么不能自己开一家特殊的热狗店呢？我想起了以前去克里特岛旅游的经历，发现希腊人吃一种非常简单的食物，叫依诺斯，他们在面饼里卷好多东西，做成各种风味，吃得津津有味。那么，难道我们不能在热狗里面也放进牛肉、猪肉、火鸡肉、波兰香肠或康州熏肠吗？而且，我们还可以学希腊人，把西红柿、辣椒、洋葱、腌黄瓜和其他调料根据顾客的爱好放进去？

“这样一想，我自己都愣住了。生活需要的就是变化，变化就是灵感，就是创新，就是财富。我激动万分，几乎是一路冲回家去。

“一个月后，我的第一个热狗店就在芝加哥一个不起眼的小街上开张了。

“预交了房租和一些必须的费用后，我口袋里连买一杯咖啡的钱都没有了。头天开张，我大清早就赶到父亲那里，向他借了100美元。这是为热狗备料必须有的资金。怀揣着这100美元，我内心不断向圣母玛丽亚祈祷，请她大发慈悲，保证今天不下雨，让我开张头一天能够至少卖出去100美元的热狗！只要能够卖出100美元，我的小店就有了第二天的备料金，明天也就可以维持下去了。

“结果，那天，真是老天开眼，给了我一个阳光灿烂的大晴天。我成功地卖出去150美元的热狗，小店就这么一天天开了下去……”

我看着他双眼放光的样子，觉得像听圣经故事，摩西见到了上帝。不管这么样，理查德用了十几年的时间，把他的热狗店打理成为了芝加哥快餐文化的一道风景。他的Gold Coast Hot Dog小店，已经发展成为遍布美国中西部的连锁店。

美国就是这样一个充满了淘金梦的地方。听完理查德的故事，我无限崇拜圣母玛丽亚。想一想，如果第一天理查德没有卖出去100美元，他将是一个什么样的命运呢？但是，玛丽亚太远了，我还是以肃然起敬的表情拍起身边这位商场神父的马屁来："你这个主席真是当之无愧啊。"

旁边侍候着我们的"男爵夫人"静静地旁听着理查德的历险记，但她把更多的秋波送向我，弄得我有些心猿意马。到美国后，我还从来没有到过这么高级的餐厅吃饭，更没见过装扮得这么贵族化的金发女人。

这顿整整搞了三小时、两个人开销就超过300美元的晚餐，给我巨大的感官刺激。中国人说："书中自有黄金屋，书中自有颜如玉"，但老美这边，黄金屋和颜如玉，看来只有在商场上才能捕获到。

以后，我再没有见过"男爵夫人"，但她凝视我的眼神，却成为最令人印象深刻的诱惑，激励着我在美国的商海中奋勇前行。可能商学院的老师们做梦也没有想到，理查德这顿晚餐，让我记住的并不是他创业的神话，而是那位金发女人永恒的微笑。

选课计划

我有点感激肖恩教授，这个选择让我有了市场、金融双专业，毕业后岂不是天下无敌？

第二天一大早，我爬起来就去见选课指导老师肖恩教授，把学习方向及本学期的必修课敲定下来。

"你对自己的发展方向有什么想法吗？"选课指导老师肖恩教授开门见山地问。

MBA有市场营销、金融、财会、IT管理、操作管理六大专业，我不假思索地回答：“市场营销。”

“为什么？”肖恩目光紧逼。

我振振有词地说：“市场营销是MBA的灵魂。学好了它，其他便迎刃而解。”我没敢告诉他，本人见到烦琐细致的账目就头痛。

“你的看法比较片面。金融和财会都有它们相当独特的地方。”肖恩教授轻轻地摇摇头。

我顿了一下说：“那么，选两个专业行不行？”我用手指点到“金融”这一栏。突然，我有点感激肖恩教授，这个选择让我有了市场、金融双专业，毕业以后岂不是天下无敌？

“不少学生都选两个专业。”肖恩以见惯不惊的表情评论道，“不过，如果这样选择，意味着必须多修一些很吃重的课程，可不能偷懒。”他用手指了指我，虽然满脸笑容，却让我觉得他对我心存疑虑。

“偷懒？”我从内心深处拷问自己。这一大笔学费可是自己用血汗挣来，从牙缝里抠出来的，而且周围同学大多是公司职员，商学院的课程为了方便他们多安排在晚上，我想偷懒也偷不成啊！

肖恩并没有给我申辩的机会，径自说道：“不管选什么专业，必修课是必须完成的。”他列出八门必修课，又在最后一门课程上用笔画一道杠：“这门课一定要修！”

我伸头望去，咦，怎么这个必修课是每星期一次的讲座呢？而且，后面还列出了一条让我看了要背过气去的收费标准：每学期500美元讲座费，迟交十天者补交罚款20美元。

我一时有点气愤，什么讲座？还不是想着法子从学生身上赚钱？现在到处都散发着铜臭气，商学院也不是世外桃源。

肖恩似乎看穿了我的心思，他说："你别小看这个讲座。这么多年来，我敢说，这是本学院最成功的一门必修课。"

量化是分析的基础

如果用菜式来比喻，美国商学院的课程，绝对不是中餐，而是精细考究的法式大餐。

当我夹着笔记本走进"管理心理学"的课堂时，没想到一开课就是测验。长长十二页纸，在规定时间内回答种种问题，从喜爱什么颜色，早上如何设置闹钟，到同事抄袭了你的工作该如何反应等等，事无巨细，各类问题都有。

等交了卷才知道，这是一个所谓的"个性测验"。老师说，目前美国许多大公司招聘时都不厌其烦地对大批应征者进行测试。个性无所谓好坏，但在强调团队作业的今天，至少可以分析出这个未来新人进入公司后，在团队中是扮演润滑剂的角色，还是一颗爆豆子？对管理人员更要进行全面的个性测试。部门已经有了什么样的管理人才，还需要补充什么样的管理人员，都要做心理和行为分析，是严格的定量分析。

唐人街是中国留学生的钱柜。到美国这么多年来，读书、租房、交女朋友，每一块美元都要靠自己去挣。到唐人街的中餐馆打工，是我获得收入最可靠的途径。没钱了，就去唐人街。洗碗、当企抬、掌勺，老资格的留学生都经过这三部曲，读成了博士和科学家。

在唐人街混了这么些年，我也算得上老把式了。摆弄中餐，高汤少许、酱油数滴，再旺火爆炒，傻子也能做出几个糊弄洋人的中国菜来。但是西洋菜，连大葱切成几分长都要严格按规矩做，更别提加各种调料的精细刻度了。如果用菜式来比喻，美国商学院的课程，绝对不是中餐，而是精细考究的法式大餐。

老师说："不要小看量化分析，数量分析得出的结果，常常出人意料。"

他讲了一个著名的例子。20世纪40年代，芝加哥郊区有个著名企业"西屋电器"。老板琢磨提高工人劳动效率的办法。他想，如果车间内光线太暗，工人会萎靡不振，如果提高亮度，可能有好效果。于是，他做了一个试验，调整车间照明灯的亮度，每两周提高一点。测试效果如同预期，每提高一次亮度，工人的劳动生产率就相应提高一点。

当他得意扬扬地宣布试验结果时，立即有人反对。那人问："为什么你不反过来试一试呢？"于是，老板开始调暗灯光，结果很奇怪，工人的劳动生产率也随着这个变动而提高了。心理学家们分析，亮度并不重要，变化才重要。变化，让工人感到自己被重视和尊重，从而有了参与感，有了加劲干的动力。

在美国读MBA，我最直接的感受就是它将管理这门学问数量化和科学化了。作量化分析，我具有相当扎实的理科训练背景，设计实验方案、划出分析曲线，是我的强项。有这个底子，我在商学院很快崭露头角。计算机软件、市场分析理论，再加上建模能力，我入门后进步很快，而且经常有创新的想法。学院里少有的几个女生和小助教，开始对我刮目相看了。

从巴尔的摩的仓促降落，到吴教授的实验室，到中餐馆烟熏火燎的厨房，再到商学院窗明几净的教室，最后通向女助教令人销魂的香阁，我在美国的日子，算是渐入佳境了。

工人阶级有力量

罢工，我还是在幼儿园时期，看旧电影《燎原》里有一点儿模糊印象。对应的，是倾盆大雨、不眠之夜、工人的困苦，以及资本家的冷血残酷。

星期五讲座讲“劳资关系”。

学院请来的那位律师跳上讲台，第一句话是：“各位是未来的商界精英，千万别小看今天的题目，不要打瞌睡！我敢打赌，这是一个在座的每一位未来都逃不过去、都不得不面对的问题！”

我从中国来，知道共产党的江山起源于工人运动。省港工人大罢工、“五卅惨案”，还有毛主席去安源，工人阶级是革命的领导阶级，我背得烂熟于胸，没这两下子，高考政治根本没戏。不过，谁也没想到，今天我会在美国商学院里研究怎么对付工人阶级。

这个秃顶的律师唾沫四溅，滔滔不绝地讲述了他担任工会律师的经历，向我们介绍了他一些亲自经办的著名案例。劳资双方斗智斗勇，惊心动魄，听得我们这些人冷汗直冒。没想到美国作为世界上最强大的资本主义国家，工会的势力竟然有如此强大!

“劳产联”(AFL–CIO)是美国最强悍的联合工会，它曾根据301劳工法向白宫递交请愿书，白宫按照法律必须在六十天内给予答复。而芝加哥郊外一家工程机械公司，曾经历工会组织的大罢工，劳资双方互不妥协，对恃了好几个星期，牵涉到当地成千上万个家庭，差点儿造成一场大骚乱。

一般说来，美国的大公司内都建有工会。职工工资不是光由老板说了算，而是进行艰苦的劳资谈判，工会每年都要提出工资上涨的百分比，包括增加福利。资方如果说不，就要有充分的思想准备，要能顶得住工会的压力，否则不仅遭遇罢工，还可能被迫接受更为苛刻的条件。

当然，正如律师所说：“工会也要尽量避免罢工，如同一个人不到万不得已，不能绝食一样。”因为罢工也面临几个危险，一是若不成功，就会遭到集体解雇，断送大批工人的生计；二是罢工期间，职工家庭的生活必须有所保障。大部分工会会员都靠工资单数着钱过日子，如果工会缺乏充足的财力支持，也不敢轻言罢工。

通常，劳资双方会寻求调解。这个调解人必须获得双方的信任，立场客观、公允，能够发挥调和的作用。在调解人的积极参与下，劳资双方讨价还价，逐渐妥协到一个共同接受的和解点。

有些情况下，比如电厂、煤气公司、航空业等行业，罢工不光是公司内部事务，将直接危及社会安定，国家将毫不犹豫地进行干预。

你有工会证吗？

全球化是对发达国家工会最无情的清洗。

听完这个讲座，我对各地罢工的消息也加倍警觉起来。一周后，我到华人朋友王彼得家做客，大家正在院子里吃烧烤，邻居突然隔着篱笆对王彼得说："你听说了吗，我们这里要安装新式电视网络了。AT&T昨天到我们家院子来测量过，准备安装地下电缆。"

王彼得说："我不在家，据说他们下星期一到我的后院来测量、安装。"

那个邻居眉头一皱，叮嘱了一句："你最好在家等着，别让他们乱弄。"

王彼得笑着说："AT&T可是大公司，不会错吧？"

谁知邻居连连摇头："如今大公司为省钱，就把这些差事转包给小得不能再小的公司做。你都不知道最后到你家的是什么人。"

王彼得好奇，便问："你怎么知道呢？"

这个邻居嗓门立即大了起来："别提了，我昨天差点儿和人干一仗！"

那个邻居气愤地说，他看到一个墨西哥裔工人在他后院测量，便主动上前打招呼，谁知那人连英语都说不清。邻居开始起疑，于是冲口问道："你有工会证吗？"那人听到"工会"两字，脸都吓白了。邻居说："这下我明白了。这家公司为了雇佣廉价劳动力，把这些没经过训练、英语都说不清的人弄来了。我非常生气，立即把这个人给轰走了。”

邻居进屋后，王彼得悄悄告诉我，此人是建筑业一个坚定的工会会员。他常对王彼得夸耀，说美国中西部地区的建筑行业全部由工会把持，从起重机到粉刷墙壁的工人，都必须是工会会员。如果老板启用非工会会员，那可捅了马蜂窝，恐怕好几年都不得安生。

美国工会几起几落，过去工会成员多是没什么技术的蓝领工人，与资方交涉的力量有限，他们很容易被替代。而今天的工会会员多为熟练工和高级技工，这些人有相当长时间的工作阅历，见多识广，给工会增添了很大的能量。工会与资方交涉时，昂首挺胸，手中握着不少交易筹码。同时，工会会费也节节上升，目前已是个人工资的10%。

工会权力增大，腐败滋生，逐渐演变成另一个“资方”。他们把为工人谋福利变成了也为工会头目谋福利。

王彼得说：“我那个邻居经常炫耀，说他每天只干六个半小时，然后总有不少‘干不完’的部分，于是要求加班，领工资数两倍的加班费。他一人工作，养四口之家，实际年薪比我们科技人员多不少。”

不过，王彼得认为，过于强势的工会必然成为美国工业的毒瘤，因为美国劳力价格上涨太快，必然造成制造工业的空心化，大批工作将因为劳动力价格太高而转往国外，那个时候，失业潮便会不可阻挡地涌来。

事后证明，王彼得的担忧不是空穴来风。全球化是对发达国家工会最无情的清洗。

广告的海洋

每个美国人每天平均遭遇1360个广告。

市场营销课上，老师问过一个问题："谁能够告诉我，每个人每天平均看到多少广告？"

大家七嘴八舌：23个，300个，500个……

听了老师的数据，所有人都大吃一惊："每个美国人每天平均遭遇1360个广告！"

美国是世界广告霸主，高度发达的广告业，极大地催生、刺激了美式消费文化的发育和畸形发展。广告在美国，几乎无孔不入、无处不在。美国人民的眼睛与生俱来就忍受着无休止的广告轰炸，是世界一切商品、奢侈品和私人欲望捕捉的对象。茫茫大地，无处可逃。

纽约时报广场是世界广告业的顶级舞台。世界上再没有其他任何一个地方比这里更能表现出物欲横流的景象。最新潮的服装在闪烁着刺目电光的橱窗里招摇，蛊惑着每一位过路妇人的心；最前卫的歌剧在富丽堂皇的剧院里点燃每一个理想主义者的血；来自世界各地的女人在"Peep Show"里尽情地展示着她们肉体的野性，用咄咄逼人的秋波挑逗起人类兽性的欲望；大街各个醒目的角落都被广告商抢占了，全球各国的广告商云集在此，打擂比武。

坐在时报广场旋转餐厅的玻璃窗后面，一边啜着可口的热咖啡，一边巡视着广场上流动的画面，好像在用上帝的眼睛俯视人间。人类的活力像火山爆发的岩浆一样迸射，经济、政治、文化，一切的活动都表现出那样的燥热和激动。这些涌动的人流是不是迷途的羔羊？他们究竟要到那里去？人性的丑恶与美好，人类的创造与纵欲、灵性与兽性，都一起以最奔放的广告展现出来。

美国是安装在汽车轮子上的国家，只要你开车上路，竖立在高速公路两边的巨型广告牌就会扑面而来；扭开收音机，矫揉造作的广告反复地刺激着你的感官；累了一天，坐在沙发上要安静一会儿，打开电视机看肥皂剧或一部喜爱的电影，可恨的广告过一小会儿就跳出来烦你；想从报纸读完一篇完整的报道，可翻过页来就是广告；关闭电视、扔掉报纸，上网，那闪出来的小广告更是像苍蝇一样紧追着你。走在大街上，行人拎着的购物袋、三明治的包装纸、漂亮女人穿在身上的T恤衫、驶过的公共电车……甚至毫不相识的外乡人，也举着手向你散发广告。

美国广告早已超出商业营销的范畴，与政治、体育和娱乐紧密地结合到了一起。每四年一次的总统大选，是美国广告收入最多的年份。而每年风靡全国两个月的超级杯橄榄球赛，是广告丰收的季节。上海人为姚明上千万美元的年收入咋舌，可黄金时段的电视广告，每三十秒钟就耗资1000万美元。

最大限度地运用好广告，是美国商科学生必备的基本功，也是征战商场无往不胜的不二法器。上广告课时，我们每个人都全神贯注，不敢开一秒钟的小差，因为老师会在课堂上突然发问，让我们针对一个预设的产品，立即提出一个广告创意来。老师举出的广告案例，都来自实战，但我们没听说过。所以，当三位同学各自回答完毕，他予以评论，再把实际的广告创意介绍给大家。这些创意都是出奇不意地大胆，令人印象极为深刻，让我们充分领略了什么叫“卓越”，什么叫“绝妙”！

有一个反堕胎的公共广告，十分夸张地竖立在乔治亚州高速公路上。这一带是美国最保守的地区，美国内战时是南方军的大本营，《乱世佳人》的故事就发生在这里。因为行为相当守旧、拘谨，美国人把这一带称为“圣经地带”。要在这个集中了很多美国黑人的地区设计广告，千万不能碰及种族和宗教的红线。

班上的同学踊跃举手，纷纷提出自己的设想。被老师指定的三名同学，更是绞尽脑汁，快要下课了才鼓足勇气拿出自己的答案，但都没有得到大家的好评。同学们急不可耐地要求老师讲出实际的广告词。老师说，那个大标语牌上写着：“Your mother is pro-life”（你母亲是反对堕胎的）。是啊，如果你母亲支持堕胎，那你自己还坐在这里吗？

革命的麻醉剂

美国是小企业的天堂，它不仅营造了全民资本主义的气氛，给很多普通美国人通向社会顶层提供了一个梦想的阶梯，而且悄悄掩盖了这个社会巨大的贫富差距。

我到商学院注册时最怀疑的是星期五的课程，最后竟成了我最喜欢的一课。特别是“小企业讲座”，我最喜欢。我们中有几个人是洛克菲勒家族或摩根家族的成员呢？绝大多数人都是赤手空拳来到大都市，梦想着凭借自己的智慧和双手开辟出新天地。万丈高楼平地起，许多创业者都需要经过创办小企业的阶段。

一次同学聚餐会上，坐在我旁边的巴基斯坦同学说："毕业后，我要去华盛顿找一个出了名的老乡。"

我好奇地问："你那个老乡出的是什么名？"

他说："他是华盛顿最大的出租汽车公司老板，70年代末从巴基斯坦到华盛顿读书，只身一人，一文不名。一个穷学生，为了赚够学费和生活费，就用业余时间给人开出租车。他的出租车里，总是摆着一大堆教科书和作业本，等候顾客的时候，他就在车上看书，记笔记，做作业。有一天，他放下书本，突然觉得出租车的生意完全可以自己干。于是，他退学办起了自己的出租汽车公司。最初只是贷款买了两部车，只雇两个人，如今已发展成为华盛顿地区最有名的出租车公司了。"

"那么，你也想开出租汽车公司吗？"我问那个同学。

"不，我想做别的小生意，但我一定要找这个老乡好好聊聊。他在美国人的地盘上惨淡经营了三十多年，摸爬滚打，一定积累了很丰富的经验。"

巴基斯坦人的成功只反映了小企业经营闪亮的一面。大多数小企业都如同快要淹死的狗，在生死旋涡中拼命扑腾。一位来自中国大陆的前辈在芝加哥先后打理六个小企业，三个中餐馆、两个城市公寓楼出租、一个小商店。见到他时，老英雄已经封刀关门。谈起十年商战经历，他连声长叹："不容易，太不容易了。"他说，除一个中餐馆略有盈余外，其他五个都赔得血本无归。屡战屡败，最后不得不申请"破产"。但破产清算后，他七年内不能再买房、置地、贷款，年近花甲的老英雄只好偃旗息鼓。

不过，小企业仍有一个迷人的好处，就是如果你不天天梦想当比尔·盖茨，而是十分务实地确定目标，每年只计划挣到小数额的收入，用于贴补家用、避税，为太太和孩子赚点零花钱，为自己挣假日开销，那么还是很有可能实现的。在商学院的有一段时间，我到校园中的一个杂货铺去当店员，为自己挣些学费。杂货铺老板姓宋，是台湾人。他本来在学校图书馆供职，夫人在另一所学校教书。

每个周末，宋先生都来小店验货、结账，然后确定下周的采购清单。有一次结完账后，我禁不住问他："这个小店也赚不了什么钱，但是牵扯了你那么多的精力，值得吗？"

老宋说："你就外行了，虽然赚不了多少，但可以省下许多啊！"看见我疑惑的目光，他便带我一起去采购。看到他买了一大堆物品，然而货物并没都卸到小店仓库时，我才恍然大悟，原来他把一家人的基本开销都计入了小店成本。

老宋一边卸货，一边开导我道："有了自己的公司，就可以把家里的车折卖给自己的公司，然后按年份折旧报账，计算为公司支出。另外，还有家里的房子、水电煤气，都可按一定比例折入公司支出成本。这么一来，家里开销不就小多了吗？"正是因为这家杂货铺，老宋的两个女儿顺利完成了医学院的学业。

老师在小企业讲座上多次讲到，美国联邦政府和地方政府如何放宽限制，用各种优惠政策鼓励小企业发展。难怪，勤劳的美国人民有不少人打双份工，开立自己小公司的人也比比皆是。美国是小企业的天堂，它不仅营造了全民资本主义的气氛，给很多普通美国人通向社会顶层提供了一个梦想的阶梯，而且悄悄掩盖了这个社会巨大的贫富差距。小企业成功的故事，不过是灰姑娘嫁王子的温情鸦片，对穷人进行阶级斗争的革命意志起到了很好的麻醉作用。

又见理查德

人立足于世，要成就一番事业，千万不能看人下菜。对每个人，对每件事，都要抱着谨慎的态度去对待。

我在学院布告栏里看到一个熟悉的名字：理查德，名字下面是那个星期五讲座的题目："小企业生存的关键。"

理查德结束讲座时说："85%的小企业主都失败了。小企业容易建立，但要生存下来，却是非常艰辛。那么，是什么原因使得那15%的人成功呢？我承认，机遇、眼光、贵人相助都不可否定，但是，从我自己的经历来看，从美国其他出色的小企业家创业经历看，最重要的是坚持。这是一场艰苦的马拉松比赛，只有咬紧牙关不松劲儿，奋力拼搏到最后时刻的人，才有可能摘取到胜利的果实。"

理查德，就是这样一个别人都挺不住了，他却咬紧牙关的人吧？！

下课后，我径直走向他，理查德的记性真好，他一眼就认出了我。我表现得十分惊讶地问："理查德，你一天到晚要接触那么多人，怎么记得我这个一面之交的小人物呢？"

理查德爽朗地笑道："一般说来，肯定是记不起了。不过，到了我这把年纪，也用不着假惺惺地大呼，哎呀，再次见到你真高兴！迈克，你这个中国人长得太高大了，第一次见面收拾得十分齐整，给我留下了很深的印象。那天吃晚饭，你听我说话的神情十分专注，好像是一个也要到中国去开热狗店的投资者。在今天这个时代，什么东西要与中国的投资联系起来，你想忘也忘不了啊！"

理查德真诚、直率和实事求是的作风，令我折服。

我笑问他："你是不是真的想到中国开热狗连锁店？中国现在已经有了比萨饼、汉堡包和麦当劳，就是还没有热狗呢。你要是去，我给你当中国总代理。"

理查德没有接话，只是抿住嘴唇轻轻点头说："让我想想。"

后来理查德又到学校来讲过几次课。最后一次见他时，他把我拉到一旁说："迈克，我认真想过了，到中国开热狗店，我的投资力量不够。所以，我准备立足本土，稳扎稳打了。"

他这种谦和、严肃和认真的态度，令我深受感动。人立足于世，要成就一番事业，千万不能看人下菜，对每个人，对每件事，都要抱着谨慎的态度去对待。

下

沉船求生

第八章　世事难料

劳森的脊背

劳森的脊背，这时已被累累负债压得吱嘎作响。

劳森此时正站在BG公司这艘巨船的甲板上。完成15%的裁员计划后，BG公司这艘巨轮并没有停止摇晃。我们能不能安渡难关，所有人的目光都集中在董事长劳森的身上。

劳森起家时，只是某公司一个连锁店的经理，本钱不多，实力不大。他之所以走红，是因为他多年孜孜不倦的努力，经营有方，把十几家连锁店渐渐包揽到自己的旗下。劳森多年来一直在金融界周旋，厚积人脉，口才奇佳，算得上是一个推销天才。

1993年，福特公司为填补财务漏洞，决定抛售旗下一家中等公司。劳森利用自己在金融界的良好关系，举贷成功，将其一口吞下。当《财经时报》的记者采访这位商场风云人物时，他雄心勃勃地宣布："我要在十年内把这家公司办成一个企业王国！”

经过苦心经营，劳森接管的这家公司迅速扩展成为包括运输、房地产、搬家、旅游和网络设计服务的综合性企业集团。身兼董事长和总裁的劳森并不满足，从1995年到1999年，他先后吞并七家公司，并挤进了全美500强企业的行列。

每一次并购，都是一次财务、人事和经营方式的重组，是寻找贷款的战斗。劳森的头发，也在这几年连续的奋斗中，渐渐脱落，变得灰白。等到劳森的秃顶开始发出亮光时，BG公司的借贷已经达到天文数字。

华尔街不怕天文数字，只要BG公司的销售业绩也像天文数字一样美丽，那么他们将继续支持劳森的冒险事业。无奈，BG公司的销售数字变得越来越丑陋了。劳森的兼并过于冒进、仓促，BG公司根本没有能力和时间来消化他的战利品，很快就出现了严重的后遗症。对于BG这样一家全美关注的大公司，每日涌来的账单，还有那些必须支付的贷款利息，已经把它逼到了死角。

劳森总裁的脊背被累累的负债压得吱吱作响。黔驴技穷的劳森，决定让出CEO的位置，为公司高薪聘请一位新的执行总裁。

戴维斯神话

戴维斯上任当天，BG公司股票急升20%。整个公司为之一振。

39岁的戴维斯站在CEO的位置上。他眉清目朗，气宇轩昂，顿时给公司带来一种振奋的士气。

秘书们传达戴维斯的指示，声调都提高了几分。餐厅里，管理人员们窃窃私语，戴维斯的名字像清脆的铃声，此起彼伏："他可是闻名全美的商场神童！航空界的人都知道戴维斯出任那家亏损航空公司副总裁，不到两年就扭转乾坤。"

"劳森把戴维斯挖到我们公司可出了血本。"

"知道吗？戴维斯可是华尔街的宠儿，他的人脉通畅得让你难以想象！"

"戴维斯？他还出过一本畅销书呢！"

最后，公司高级副总裁马尔科姆用一句平淡的话总结："戴维斯和我一样，是哈佛的MBA。"

戴维斯24岁登上哈佛大学MBA的毕业典礼台。一出校门，就加盟麦肯锡咨询公司，很快提升为主管。后来转入航空业，30岁出头当上副总裁，几乎以一人之力，用两年时间把全美排名第五、拥有上百亿资产的大型航空公司转亏为赢，一时名震全美。戴维斯撰写的一本介绍其经营理念的书，也登上《纽约时报》畅销书排行榜，一度卖得洛阳纸贵。

戴维斯上任当天，BG公司股票急升了20%。整个公司为之一振。既然华尔街和股民都对他寄予厚望，看来戴维斯可以成为BG公司的救星了。

几天后，戴维斯在总部全体职工大会上亮相，他用铿锵有力的声音宣布："我决心，一年之内，彻底扭转BG公司的经营状况！"

戴维斯话锋一转："但是，BG公司机构臃肿、职能瘫痪，已经到了令人不能容忍的地步。”他反复提到“BG公司居然有将近100名副总裁，这是荒唐可笑的”。他的话说得各位副总裁们心惊肉跳。

戴维斯接着说：“从今以后，全体高级主管都要及时和员工沟通。每个月，我们都要开这样的大会，向公司同仁公布公司的财务状况、市场预测和经营方针。”大家一齐点头，振奋中包含着信任，信任中包含着期待。

公司出现的最直接变化是，每个人都恢复穿西装、打领带了。已经习惯了穿便装的员工们突然换成西装领带，一时有些不习惯。但戴维斯毫不通融，他要求全体员工都振作精神，公司面貌要“焕然一新”，全体员工要同仇敌忾，严阵以待。

散会后，我在走廊里遇到吉姆，他拍拍我的肩膀，轻声说：“等着瞧。”

沉默中的生与死

在戴维斯面前展开的，是BG公司开始腐烂的财务状况。它如同一段从坟墓里取出的千年尘封绸缎，轻轻一碰就会粉碎。

所有人都睁大眼睛看着戴维斯的一举一动。

几天后，BG公司资深财务总监（CFO）被革职。同时陪绑杀场的，还有25名副总裁。美国大公司的内部结构通常划为财务、市场营销、法律和行政事务、生产运营四大版块，公司经营最为关键的核心岗位是财务总监CFO，这是公司内除CEO以外最为吃重的角色。戴维斯启用一位旧相识为新CFO。人们等待着戴维斯提出具体的改革方案。

我也和戴维斯直接接触了一次。戴维斯把我们部门的几个主管叫去共进午餐。在轻松的气氛下，他详细询问了我们对公司定价策略的想法。戴维斯是经过严格训练的美式金融专家，是从财务部门一路做上来的。他非常内行，对我们价格和市场策划部门的运作十分熟悉，知识渊博。

听我们汇报时，他不苟言笑，令人敬畏。但是，当讨论起具体数据和测算分析结论时，他的态度相当开放和坦诚，大家都能够畅所欲言，不时还有开心的笑声，显得非常活跃。我们走出餐厅时，个个信心满满。新来的价格分析师斯图尔特说："戴维斯名不虚传，BG公司前途有望。"

但是，又是两个月过去了，戴维斯没有一点儿动静。而且，人们连戴维斯的身影也难以看到。戴维斯办公室的法式双开门，总是紧闭着，窗户也关得纹丝不透。那里面，在戴维斯面前展开的，是BG公司已经开始腐烂的财务状况，它如同一段从坟墓中取出的千年尘封绸缎，表面仍有光泽，但轻轻一碰就要粉碎。

我在公司高层也混了几年，内心很清楚，戴维斯就是一个神，他面临的选择也十分有限。

公司负债总额再大，只要"有进有出"，形成一定的财务平衡能力，能够付得起贷款利息和正常开销，银行不会来找公司的麻烦，公司就可以继续维持，在困境中等待转机。可BG公司现在面临的问题是销售额连年下降，银行借贷重审的最后期限即将来临。

破产法第十一章

戴维斯如果想逃出债务怪圈，唯一出路就是申请破产保护。

大限到来，公司必须交出财务报表，银行和其他信贷方立即就可算出，BG公司的流动资金和固定资本总额已经与债务总额相当，甚至已经资不抵债。这样，BG公司很难继续获得贷款，即使设法通融、转圜，公司也只能获得高利息的贷款，收支状况将进一步恶化。戴维斯如果想逃出债务怪圈，唯一出路就是进入“Chapter 11”，也就是申请破产保护。

“Chapter 11”（美国企业破产保护法，第十一章），这是美国商场上人人皆知的名词。“Chapter 11”，美国企业破产保护条例，对申请破产保护的企业张开一张法律的保护伞。躲在这个保护伞下的亏损企业，可以免除主要债务，因而有机会扔掉沉重包袱，洗心革面，重新做人。

但是，甩掉包袱必须付出沉重的代价，就是解散董事会，撤换所有资深管理人员。公司运作交由新的临时领导机构委托管理，这个机构由美国财经部专司破产保护的部门指派管理人员组成。托管委员会首先代表债权人和股东的利益，定期向法院填写ＳＥＣ（表明有重大进展的）报告。公司所有决定通过托管委员会投票通过，法院有权裁定否决。

BG作为美国上市公司，由大股东控制着董事会，他们对公司的重大决策负责。同时，董事会的重大决策必须由出资方，也就是信贷方审核，决定是否贷款。因此，BG公司的决策由公司董事会和信贷方共同承担风险。当公司经营出现严重问题时，信贷方必须介入，并承担相应的责任。

同时，美国政府通过“Chapter 11”为美国社会提供了一个安全阀门。大公司破产必然引起大量裁员，失业冲击波很可能引起社会动荡，如果处理不当，出现骚乱，那巨大损失也不止限于破产公司，很容易引起一系列负面的连锁反应。美国500强企业年年重新组合，几年前列名500强的公司，如今能够仍然保持不败的不到三分之一。从500强名单上消失了的公司，都通过“Chapter 11”寻求保护，有的脱胎换骨，以崭新姿态重新站起，但相当多的公司从此从地平线上消失。

戴维斯诡计

戴维斯悄悄地、用心地在华尔街行走着、查看着、商谈着。

戴维斯如果申请“Chapter 11”，他本人也就成了“前资深管理人员”，等于自掘坟墓。雄姿英发的戴维斯还从来没吃过这样的亏。如果想在申请破产保护的同时不丢职位，唯一的途径就是立即寻找到一个买主，让新买主在BG公司申请进入“Chapter 11”后极短的时间内，以较低价格买下一个已清算干净的公司。

戴维斯的算盘是事先找到一个愿意与他联手操作的投资人，能够和他里应外合，合作将BG公司拖到流动资金停滞的绝境，逼迫劳森宣布进入“Chapter 11”。这时，由投资人出面买下BG公司，那么根据桌下交易，自己可被重新聘用。公司保住了，职位也保住了。戴维斯要的就是这个“一石双鸟”！

因此劳森找来的这个华尔街神童，实际上是他自己的掘墓人，也是等着吃掉BG公司的一只秃鹰。戴维斯正在做的，不过是不动声色地把BG公司拖垮，同时不动声色地寻找买家。

戴维斯办公室的门晃晃悠悠地打开了。但是，除了与销售、资金流动不相干的事情，比如人事安排、员工着装、调整新的作息时间等等，戴维斯基本上什么事也不做。人们不知道他是在办公室，还是坐飞机跑到什么地方去了。

BG公司高级管理层在最初的紧张过去后，开始感到不对劲儿。他们奇怪，这个戴维斯，怎么找不到人呢？连高级副总裁想见他一面都很不易。电话打过去，秘书经常说，总裁没有时间。他到底在忙什么呢？公司内弥漫出困惑和慌乱的气息。其实，戴维斯非常忙，他悄悄在华尔街奔走，密集地商谈和观察着。

这几个月，BG公司的同仁们天天西装革履，脚步声“噔噔噔”地急促穿梭，公司似乎有了向上的生气。但几个月下来，静心一想，公司的业务却没有任何进展。BG公司的“时钟”似乎停止不转了，平静、沉寂得让人心慌。涉及BG公司生死的三个月宝贵时光，就这样像水一样哗哗流逝。

两虎相争

马尔科姆在华尔街的关系户那里找到了蛛丝马迹。

劳森亲自宣布，停止执行员工必须穿西装打领带的规定。人们长嘘一口气，第二天都穿着便装来上班了。但大家议论纷纷，对董事长亲自出面否定CEO的管理决定，感觉不同寻常。

另外，在BG公司举办的股东季度报告会上，通常情况下，应由CEO出面向股东报告公司经营现状，并回答提问，解释细节。可是，主持四月中旬BG公司股东大会的竟是劳森，戴维斯一言不发。

戴维斯和马尔科姆的关系也空前紧张了。如果没有戴维斯，马尔科姆应该是CEO的不二人选。但是，马尔科姆在BG公司的服务年限较短，没有戴维斯“扭转乾坤”的经营战绩和丰富的金融管理经验。戴维斯的到来，成为马尔科姆上升的障碍。而且，戴维斯咄咄逼人的人事布局，更削弱了马尔科姆的势力。马尔科姆气不顺了。两个同样出身哈佛MBA的高级将才，开始迎头相撞。

马尔科姆和戴维斯都出身在美国中西部中产阶级家庭，同样接受了哈佛商学院的严格训练，都与华尔街建立了密切的人脉关系，嗅觉敏锐。很快，马尔科姆就嗅出了不寻常的气息，并在华尔街的关系户那里找到了蛛丝马迹。

马尔科姆紧急求见董事长劳森。他的神情让劳森大吃一惊，但他的消息更让劳森透不过气来。“什么，戴维斯竟要这样的阴谋诡计？！”劳森像狮子一样恶狠狠地咆哮着。

第二天，戴维斯如往常一样踏进办公室，一纸解聘书等待着他。然而，因为BG公司在雇佣戴维斯的合同里明文规定，若不满一年解雇，公司将支付戴维斯400万美元作为补偿。戴维斯走了，他挥一挥衣袖，没带走BG公司的一片云彩，却带走了

400万美元白花花的现金。

马尔科姆出任CEO

让我想起了三国好谋寡断的袁绍，最后如何败给果断的曹操。

马尔科姆曾在比BG公司大10倍、属于全球500强的美国公司做部门总经理。1995年，他被劳森挖进BG公司做副总裁。他到BG公司后，分管市场营销和经营策划，陆续建起自己的一班人马。我的顶头上司吉姆就是他一手提拔的，我这个“价格和市场策划部”也是他和吉姆的杰作。马尔科姆表现出色，不久就提升为高级副总裁。

我申请BG公司部门主管的职位，进入最后一轮面试，由高级副总裁马尔科姆亲自审查。那是我与马尔科姆首次面对面接触。15分钟交谈结束，他突然话锋一转：“假如你有一天中了六合彩，得到1000万美元，你打算做什么？”

我从来没被人问过这个问题，犹豫片刻才说：“我可能会去投资，或利用业余时间开个小公司……但是我不会放弃我喜欢的工作。”

后来，我对公司同事讲起这段经历，人们异口同声：“我们面试时，最后也是这个问题。”

我很好奇，那么马尔科姆期待的答案是什么呢？

标准答案是：“我会把你们公司买下来！”口气要坚定自信，目光炯炯。

马尔科姆就是这样一个争强好胜、一心进取的人，他欣赏有进取心的管理人才。

加盟BG公司的第一周，马尔科姆召集我和几个新聘经理共进午餐。他问了我一个问题："如果把整个公司的价格和市场策划都统一到总部，把地区经理的定价权收回来，这样做有什么问题吗？"

我在以前的公司遇到过类似事情，立即回道："可能有问题，主要是在职能转换过程中，不知应该由谁来做最后的决定。"

马尔科姆很迅速地回答："那是你的职责，应该由你来回答由谁做决定。"

我明白了，马尔科姆做决定时，喜欢推给下属来解决。遇到这种优柔寡断的上司，你必须为他担当责任。如果失败了，他不会帮你挡子弹。这让我想起了三国演义中的袁绍，好谋寡断，官渡之战败给曹操。

程咬金的第四斧

棋子排好了，不等于就有了好的战术和策略，更不说明公司有了胜利的前兆。马尔科姆面临的，仍然是一块硬石头。

戴维斯没有带走BG公司面临的难题。

马尔科姆上任后砍出的第一板斧是高层重组。戴维斯选任的CFO被迫开路，新上任的财务总监对马尔科姆唯唯诺诺。原来的技术总监（CTO）因与马尔科姆意见不和，不久也挂冠而去。技术总监的职位筛选到最后，是一位五十多岁、经验丰富、众望所归的人，但被马尔科姆否决了。他启用了一个听话的人。公司两个最重要的高级管理岗位，被马尔科姆的亲信占据，再没有什么不同的声音。

马尔科姆的第二板斧，是大力提拔心腹。吉姆获得重用，我们部门的声音突然变得异常响亮起来。不多久，公司全部人事都掌握在马尔科姆手中。但是，马尔科姆的上任，引来华尔街一片嘘声。通常情况下，CEO应具备很强的金融背景，而马尔科姆在这方面几乎是空白。马尔科姆专心走自己的路，并排兵布阵。

但是，棋子排好了，不等于就有了好的战术和策略，更不说明公司有了胜利的前兆。马尔科姆面临的，仍然是一块硬石头。

由于缺乏明智的销售策略，BG公司的销售额不见上升。马尔科姆砍出第三斧，削减开支，增加流动资金。公司停止了所有的工资提升，也不再执行退休金补助计划（通常为工资的6%）。“奖金”这个词也从BG公司的字典里消失了。办公用品不再购进，大家只能领取存货。我苦笑着想，自己需要带圆珠笔来上班了。类似汽油费报销这类事，以往都是由秘书代办，如今要自己送财务科，目睹审核人员手扶眼镜细细端详。BG公司总部大楼的灯光彻夜长明。

眼看马尔科姆的三板斧砍完，公司的营运仍无明显的起色。

很快就听说，我们这个行业最强的一个竞争对手被福特公司买走了。

一天，马尔科姆把我单独叫到办公室问：“你怎么考虑公司的品牌问题？”

我回答：“BG公司的品牌就是低价销售，努力占领竞争对手不愿过问的边缘销售区域。”

马尔科姆很感兴趣地问：“迈克，有什么好主意吗？”

我回答：“不能够紧盯着机场不放，要到各个旅馆、旅行社去做广告，争取更多顾客。”

马尔科姆有些为难：“做广告？公司正全面削减开支，哪有钱做广告？”

这时，我想起了克莱德的“低层广告策划”，建议BG公司如法炮制，在地方小报、地区旅馆广告、公路广告牌上下功夫，低层广告的花费并不大。

马尔科姆点头称好：“去把分管广告的高级副总裁维恩找来，好好策划一下这件事。”

程咬金只有三板斧，我为马尔科姆砍了“第四斧”。

亚特兰大革命

吉姆说：“派你去整顿，就是要大刀阔斧，决不要手下留情。”

乔治亚州的亚特兰大市有一个BG的下属公司，是劳森三年前买下的。那是个小搬家公司，买下三年来，一直是个“钱漏子”。BG公司好不容易挣来的钱，倒要去贴补那里的漏洞。吉姆说：“派你去整顿，就是要大刀阔斧，决不要手下留情。”

我脊背直冒凉气，自己要去当一次“刽子手”了。

亚特兰大是美国南部地区最重要的战略要津。在美国南方流传着一句笑话，说死去的人不管是上天堂或是下地狱，都得到亚特兰大换飞机。“傲慢自负，倔强不屈，精力旺盛，骤然崛起，亚特兰大一贯如此。”这是《亚特兰大杂志》对自己城市的描述。《飘》的作者玛格丽特·米切尔写到亚特兰大时说：“它是莽撞的，因此我喜欢它。”

亚特兰大在美国内战结束以后一直没有发展制造业，因而避免了从费城到纽约一路上可以看见的那种拥挤不堪、烟囱林立、到处是廉价住房的工业景象。它不但成为通向美国西部地区的大门，而且沿阿巴拉契山脉东侧而下的大西洋中部沿岸各州贸易和移民都自然而然地汇入该城。另外，除菲尼克斯和丹佛两个城市以外，亚特兰大是美国海拔最高的大城市，天高云淡，风景秀丽，气候宜人。

去亚特兰大见布莱尔是一件愉快的事。布莱尔由BG公司派到亚特兰大公司去“掺沙子”，担任市场价格部经理，因为业务关系，我每次去亚特兰大出差，都和布莱尔打交道。我们相处得非常愉快，脾气对路，合作也相当顺手，来来往往十几次，渐渐变得无话不谈了。布莱尔数据分析能力很强，有非凡的组织能力，对各类事务有相当开放、前卫的看法，理想主义的色彩颇为浓厚，和周围那些按部就班的管理人员形成了鲜明对比。

在新泽西纽瓦克机场等待转机，时逢美东地区罕见的大风雪，能见度仅10米左右，飘飘洒洒的雪花不一会儿就把机翼覆盖得严严实实。乘客们显出了令人惊讶的耐心，他们聊天、看报，听广播里机长一次又一次抱歉的解释。扫雪车过一会儿就用高压水枪喷射机身，打得舱体“啪啪啪”乱响。航班一再延误，直到机长宣布“好消息”，说飞机20分钟后就起飞。乘客们“噢”地叫了一声，一齐鼓掌。前排一位金发姑娘对着空姐递给她的机载无绳电话，向亚特兰大焦急等待的亲友报告飞机起飞的消息。这是一个冬季的周末，乘客大多是亚特兰大人，漫天大雪勾起了大家急切想回家的心情，机舱里的气氛变得暖融融的。

飞机徐徐降落后，手机响了，是布莱尔。他接我到一家饭馆里吃晚餐，然后说：“今晚你早点睡，明天有好戏。”

亚特兰大分公司是一个搬家公司。照说9·11事件后，各家公司大裁员，要搬家的人有一大堆，搬家公司应从这种混乱和迁徙中最先得利，可为什么公司每个月的销售报表都是赤字呢？除管理混乱外，公司价格定位有问题。我主持召开价格定位研讨会，问道：“以价格定位来划分，公司主要面临哪几类顾客？”

布莱尔回答：“三类。第一类是对价格不敏感的人群，这些人要求可信、可靠和熟悉的服务；第二类是对价格十分敏感的人群，只寻找最低价格；还有一类人，介于两者之间。”

我接着发问：“那么，既然有三个顾客群，为什么你们只有一种价格定位呢？”

亚特兰大公司只有底价，结果入不敷出，月月亏损。

我拿出事先商量设计好的定价方案：“针对第一类顾客，我们要适量提高价格，或维持原价不动，因为他们是我们赚钱的对象，提价的同时，也要保持良好的服务。针对第二类顾客，我们要提高价格，因为即使不提高价格，它也不赚钱，反而是用得多，赔得多。”实行新的定价政策后，月报表上的销售额变丑陋了，但赢利额却变得漂亮起来。后来一年，亚特兰大搬家公司竟然成为BG公司内部少有的几个盈利分公司之一。

确定了价格定位后，就要对剩余人员举起屠刀了。我决定裁员30%，从剩余人员中挑选20%合并到总部上班。事情办完，临上飞机前，布莱尔陪我坐在咖啡屋里聊天，我不禁长叹了一口气：“我这次怎么这么麻木？把一群人的饭碗给砸了。”

布莱尔看着我的眼睛，没有接我的话茬儿。

第九章　改朝换代

体面死亡

说游走，不如说鼠窜更合适。那仓皇，那背气，那焦心，都不堪回首。

在华尔街，那些股值不足一美元的股票被称为便士股票。9·11事件后，BG公司的股票成为便士股票。根据美国证券法，这种股票只能在股市保留12个月。如果回天无力，那么将把你踢出股市。

作为一个上市公司，BG公司不仅拥有股票，还有债券。通常说来，如果股票下跌，债券交易额有可能上升。公司债券交易额上升，意味着投资者判断该公司虽然债务缠身，但仍有潜力可挖，不会彻底死亡。买入公司债券后，他们天天盼着这家公司进入破产保护，不管是被卖掉，或复苏振兴，持债券人对可对该公司提出债权主张。

他们的如意算盘是，用每股15美分吃进每股值95美分的公司债券，如果清盘前有买主以每股28美分收购公司，就赚定了。因此，到2002年初时，BG公司的债券交易额已经上涨到了惊人的地步。

华尔街的财务分析师，冷静地观察着BG公司的表现，判断着BG公司的走向。实际上，BG公司现在面临的只有两种选择：直接进入破产保护，或是立即找到合适的买主。

对于公司高级管理层来说，这两种选择都是不归路，都意味着他们要开路走人。如果是直接进入破产保护，公司由新成立的托管机构接管，现有管理人员自寻出路。如果找到新买主，有可能留用，但肯定不会受到重用。

对董事长劳森来说，两种选择是一回事，他解甲归田的日子屈指可数了。不过，BG公司的高管们希望公司死得好看一些，那就是被别人收购。这样，他们可能被留用一段时候，可以获得一部分酬劳，弄不好还能在股票上得到一点回报。

马尔科姆和其他副总裁们在华尔街日夜穿梭，谈判。他们最高的谈判目标有二点：

第一，希望CEO以下高管能够保住饭碗，这就需要找一家有购买意愿，但又不太懂得业务的买主，收购后要依赖原有人员维持运营。

第二，希望不被竞争同行敌意并购，如果是敌意并购，可以肯定所有高管都会死得很难看。

幻想破灭

消息传来，BG公司管理层非常兴奋，纷纷说道："等于是我们吞并了N公司！”

最初，加州一家中型投资公司表现出兴趣。经过一段时间接触，他们知难而退。原因是这家公司没有从事BG公司业务的经验，如果只出钱，仍把老班底留下来，会被人牵着鼻子走，前途难料。

大家都很失望。这时，柳暗花明，又有了一线生机。N公司是一家与BG公司旗鼓相当的竞争对手，9·11事件后也同样陷入危机，而且境况比BG公司更糟。

一家著名的德国投资公司是N公司最大的债券持有者。这家德资公司对N公司的高层管理极不满意，听说BG公司正寻求收购后，分析认为BG公司的问题主要在于前期并购扩张过速，财务重组失败，债务包袱太大。与N公司比较，BG公司的管理团队较强。

德国投资公司提出，BG公司与N公司合并，启用BG公司的管理团队来掌管新成立的公司。消息传来，BG公司管理层非常兴奋，纷纷说道："等于是我们吞并了N公司！"

但这个倡议受到N公司高管的坚决反对。他们说："难道要把我们都吊死在绞刑架上吗？"谈判僵持了数月。

塞翁失马

小企业主，Entrepreneur这个词来自法文，不见得人人会拼写，但人人都会念，而且念的时候，都是朗朗上口，相当响亮，像是喊一个口号。

下班前，罗纳德走进我的办公室。见他神色异样，我问：“你又要放什么定时炸弹了？”

罗纳德笑了：“这次可不是什么定时炸弹。弄不好，是芝麻开门。”

他放低声音说道：“我把房子抵押了！”

“什么？”我听后险些跳起来。

罗纳德还是笑眯眯的，他挥挥手，让我安静听：“迈克，你知道我是80年代末从一家小航空公司过来的。”这段历史早已听过了。罗纳德原来在一家小型航空公司当主管，那家小公司在激烈竞争中破产了。

“你看，十年奋斗，好不容易，到头来还是破产。你一个人能力再大，公司命运不济，个人有什么办法？”

“所以，”罗纳德两眼放光地说，“我决定当小企业主了。”

小企业主，Entrepreneur这个词来自法文，不见得人人会拼写，但人人都会念，而且念的时候，都是朗朗上口，十分响亮，像是喊一个口号。近些年来，小型私人企业在美国经济成长中发挥了重大作用。其中，15%的企业可以在三年内站住脚跟。

BG公司这条破船在汪洋大海中风雨飘摇，公司员工们不知有多少人彻夜难眠，都在暗暗拨打算盘，考虑着是不是当小企业主。罗纳德准备与公司另一位员工合伙，用房产做抵押，贷款买下两家小型热狗连锁店。

罗纳德说：“我们俩昨天跑去听了热狗店总店老板的讲

座。”他把讲座材料递给我看。我只瞟一眼就跳了起来，原来罗纳德决定加盟的正是理查德的热狗连锁店。

真要佩服罗纳德的当机立断。在失业最初阶段，经济上其实比较宽裕。除了相当于几个月正常工资的遣散费外，还可以申请到政府的“失业救济金”。另外，所有找工作的花销、进修费等都可以获得免税。这段时间差不多有6至9个月。

罗纳德行动很快，他接到裁员通知时，连锁店生意已初入正轨。又过几个月，他们俩聘请一名经理承包小店，当起了甩手掌柜。从此，一边掌握着属于自己的小店，一边着手重新寻找正式工作。

“塞翁失马”，一点不假呢。

C公司静观不动

如果说商场如战场，那么C公司就是专门收拾阵亡者尸体的秃鹫。

这个时候，C公司冒了出来。

C公司是一家异军突起的完全控股公司。上个世纪80年代末，几个精于算计的并购专家合伙成立这家公司。他们先与华尔街的大投资公司合作，廉价购买了几家经营不好的小公司作为子公司。由于他们具有超强的并购重组能力，仅仅用了15年时间，C公司旗下已经拥有一百多家子公司，资产高达两百多亿美金。C公司旗下汇聚了房地产公司、旅游公司、搬家公司、运输公司、度假别墅房产、廉价旅馆、汽车旅店……它的眼光、魄力和赫赫战绩，令人瞠目结舌。

如果说商场如战场，那么C公司就是专门收拾阵亡者尸体的秃鹫。

C公司青睐BG公司，已非一日。

早在1993年福特公司抛售BG公司时，C公司已对BG公司产生极大兴趣。最后关头，劳森以多出5亿美元取胜。

还在9・11事件以前，当BG公司股票跌到5美元时，C公司就抛出橄榄枝，愿以每股7美元、共用10亿美金收购，被劳森坚决拒绝。

9・11事件以后，BG公司伤痕累累，C公司嗅出了残酷的血腥味。它按兵不动，静静地等待BG公司的临终时刻。它不时放出风来，暗示愿意继续收购BG公司，但至今没有正式提出。我们都竖着耳朵仔细听动静，有关任何C公司的消息，大家都不放过。

可是，过去好几个月了，C公司只是静观不动。

巨龙与蝌蚪

它造就了一个巨龙与蝌蚪并存的局面，并为众多蝌蚪们开了一条护航道。那些巨龙们，不管多么有能耐，想要兴风作浪、浑水摸鱼、弱肉强食都不那么容易了。

早上遇见维恩，自然又谈起C公司的最新动向。维恩对美国商法钻研得很深。他说："C公司收购我们可能碰到红线。"

维恩的意思，C公司确实很想吞并BG公司，但如果公司合并后，同类服务产品占据了全美50%以上的市场销售份额，就将触犯美国反垄断法。一旦越过这道红线，联邦政府就会出面干涉。

反垄断法，只要在美国稍稍听过新闻、看过电视的人，就会熟知这个词汇。这两年，微软公司被这个反垄断法弄得灰头土脸，有关新闻铺天盖地。

在美国，人人都在做“老板梦”。普通美国公民能够如此雄心勃勃，就是因为他们背后有反垄断法这个强大的法律支柱。这个商业法规的根本宗旨就是杜绝垄断，扶持弱小企业，让人人都有出头的可能。

从商学院的课堂，到十年商场奋斗的今天，我深深知道，这个法规可不是一纸空文。

美国政府通常不太过问商业领域的事情，但反垄断兹事体大，是政府重点监管的目标。

企业家精神是美国的灵魂，而自由竞争是美国资本主义的核心价值观。有可口可乐，就有百事可乐；有Target(美国著名中档连锁店)，就有JCPenny（中低档衣物连锁店），有Wal-Mart，就必有Kmart；有麦当劳，必有肯德基。总之，谁也不要想独霸天下。

在反垄断法的保护下，许多弱小的力量茁壮成长，每年都改写全美500强的排名纪录。这个商业法规表明美国市场是一个巨龙与蝌蚪并存的地方，并为众多的小蝌蚪们开避了一条生命航道。不管巨龙们有多大能耐，也不能随心所欲、兴风作浪、浑水摸鱼、弱肉强食。

华尔街“谣言”

如果反复“辟谣”，反而让人相信“谣言”的真实。

《华尔街日报》报道，C公司和BG公司的高管接触。

公司立即召开职工大会，马尔科姆对与C公司接触一事反复“辟谣”。但是，看得出来，他说话的底气不足。

散会后，维恩悄悄拉着我的衣袖说：“《华尔街日报》是堂堂大报，怎么会无中生有地刊登小道新闻？”

“辟谣”对自己公司的员工没有说服力，对业务伙伴就更没有效果。BG公司立即面临着业务伙伴的怀疑和不合作。过去BG公司与业务伙伴来往，都建立在长期形成的诚信上，由于信誉良好，所签合同多半不用立即付款，甚至连一定比例的定金都不需要。今非昔比，业务伙伴虽然不好意思见面就嚷：“付现金！”但还是想方设法把能搞到的钱先搞一笔，随后按期支付的部分，也是快马加鞭紧逼着。

公司信誉江河日下。很快，我看到了一个令人心寒的场面。

我和一家软件公司签订外协合同，委托他们做一个市场分析软件。我们有长久的合作历史，彼此都很熟悉。我打算签约后一起到一家很有名的烧烤店去吃饭。没想到，谈到最后一刻竟卡住了。

“我们上级说了，请你们今天就支付20%预订金，否则我不能签字。”对方说话声调不高，却是斩钉截铁。

“开玩笑吧？这么多年的交情了，什么时候当天就给支票的？”我口气里明显表示不满，以往都是拖延一个季度才付款的。

“迈克，没办法，我是受命而为。”那人根本没有签字的意思。

我又急又气，只好去找财务部商量。财务部无奈，开出了一张支票。没想到，散会后大伙儿去烧烤店吃饭，就是不见对方领头的。

我有些不高兴：“怎么不来呢？”

对方支支吾吾，最后才说，头儿拿了支票后当即奔机场，坐头班飞机飞回纽约，准备今天下午银行关门前直接兑现。怕BG公司第二天破产，这支票就成为一张废纸了！听罢，我倒抽冷气，惊出一身冷汗。胃口全无，愣在那里说不出一句话来。

被各个合作方这么逼着，BG公司的现金流量大增，财务形势迅速恶化。

初步断定，虽然两公司暗中可能有所接触，但马尔科姆显然被人利用。很大可能是C公司有意作局，并派出内线记者捅出消息。他们的意图很明显，就是要向BG公司的债权人和业务伙伴暗示，BG公司死到临头了，以最后削弱BG公司的谈判地位。

穷途末路

重大节日来临的日子，公司第一次不再点亮照得整个大楼黄灿灿的节日灯光。

股票还在不断下跌，跌得劳森、马尔科姆和公司上下都坐卧不安。

为维持基本经营，公司已经两次裁员。

“明天可能破产”，如同一把利剑悬在头上，随时都会掉下来。

不久，我们接到通知，每天下班后都把计算机关掉。

又过几日，我们接到通知，“把暖气调低”，以节省开销。

再过几日，天天晚上出现的清洁工不见了。

重大节日来临的日子，公司总部大楼第一次不再亮灯，原先照得整个大楼金灿灿的节日灯光没有了。

每个人都知道，BG公司大限已近。

大限已近，却还是硬撑着，就是不愿意被C公司收购。

BG公司高管层不愿意向C公司投降，有难以言述的苦衷。

C公司是劳森的死对头，要劳森这样的硬汉向敌人屈膝投降，很难做到。马尔科姆以下都是些没有原则的高级白领，无所谓什么气节。但他们已经打听好了，如果BG公司被C公司收购，因为C公司早在两年前已买入与BG公司相同业务的F公司，而F公司的经营状况远远好于BG公司，所以，肯定是由F公司的管理团队来全盘接管BG公司。因此，BG公司的高管们，如同先前的N公司一样，同心协力地拖延时间，期待着其他买主的出现。

藏在幕后的戴维斯

汤姆认为，C公司对这台戏调的是柔和灯光。

销售部经理汤姆约我一起吃午饭。他谈起了年前被劳森扫地出门的戴维斯。戴维斯的干练、非凡的数据分析能力和不动声色，还有他带走的400万美金，大家都记忆犹新。

戴维斯一离开BG公司即被我们的竞争对手C公司旗下的F公司招募，仍然坐在CEO的宝座上。由于他，C公司理所当然地对我们了如指掌。整个收购的背后，都有一只无形的手在暗暗地引导着，这是一只明智、有力的手，非常清楚该在什么时候、什么地方果断出手。

随着BG公司和F公司合并，一场阿喀琉斯与赫克托尔决斗的好戏似乎就要开锣了！这台戏中，戴维斯扮演阿喀琉斯，马尔科姆扮演倒霉的赫克托尔。如今，特洛伊战争即将结束，留给赫克托尔的不过是如何死法而已。

可是汤姆却认为，作为并购老手，C公司对这台戏，调的却是极为温和柔弱的灯光。从C公司与BG公司高管第一次接触起，虽然C公司有关BG公司的决策在相当程度上出自戴维斯的分析，但直到今天，戴维斯都没出过面。这是C公司有意识采取的低调措施，尽量不对BG公司的高管们形成刺激。这就是所谓的“柔和灯光”。

“搞不好双方会谈时，戴维斯就躲在隔壁监听。”汤姆说道。然后，他叹了一口气：“真是祸不单行。”

戴维斯执掌BG公司期间，各位高管人员都在他的眼里染上了颜色。倘若这位前上司在C公司人事部门耳边嘀嘀咕咕，我们的命运岂不是更加神鬼难测了？特别是他出任新公司的CEO后，如果对原BG公司的高管人员说三道四，难免令人感到羞辱。真是三十年河东，四十年河西，世事难料啊！

可是，事情总会有出乎意料的改变。一个多星期后，就传来了戴维斯被另外一家航空公司挖走的消息。他本来就是航空管理业出身，这次接掌另一家中型航空公司，是重展雄风的好战场。

听到这个消息后，BG公司的管理人员们都大松一口气。

所谓过渡期，只能用“惶惶不可终日”来描述。上班倒是不忙了，但内心里经常是乱糟糟的。午餐时，大家环顾左右而言他，心里盘算的，都是自己今后的前程，还有和前程息息相关的房贷、车子、老婆、孩子。

特洛伊俘虏

劳森打出了他的最后一发子弹。BG公司高管们最后要办的事情，就是等待宰割。

BG公司有素质优良的管理团队，有跻身全美500强多年来形成的现代化管理模式，最被银行家看好。可是，公司已没什么东西可作抵押了。连高高耸立的总部大楼也抵押了出去，劳森打出了他的最后一发子弹。

公司流动现金不够支持两天。C公司主动提出借200万美元给BG公司帮助周转。这是最新的信号，表明C公司将最终收购BG公司。果不其然，华尔街传来风声，劳森已和C公司谈妥初步并购协议。这消息由C公司有意放出，以便加快C公司随后展开的并购节奏。

BG公司高管们等待被宰割，他们小心翼翼地与C公司周旋，期盼获得“良好交换”。所谓“良好交换”主要是指“干部留用遣散待遇”，确定留下什么人，留多久，给予什么职位、什么待遇；遣散什么人，怎样补偿等等。

尽管C公司希望速战速决，但他们没有表现出傲慢和轻视。作为美国第一流的公司重组专家，他们深知重组关键是稳住被收购公司的高层领导。BG公司即使腐败如厕，也可以是好至池净窗明，或者坏到恶臭喷鼻。

收拾战场腐尸也是一件专业性很强的工作。打败对手是一件事，打败对手后还要把他们解决好，争取到他们的合作与支持，这是更难的一件事。因此，C公司对“干部留用遣散待遇”的商谈，非常谨慎。

C公司希望收购前不出乱子，然后进入破产保护。清偿债务后，立即重新洗牌，完成改朝换代，彻底消化战利品。

几个月后，一切都明朗了。BG公司由C公司收购，完成重组后，即与C公司旗下的F公司合并。

“干部留用遣散待遇”也敲定了，BG公司三巨头劳森、马尔科姆和CFO将共同分享1000万美元遣散费；五位高级副总裁每人一次性发给55%年薪的奖金，其余副总裁发给35%年薪的报酬，他们都不属于“立即遣散”之列，必须在交接期内至少配合工作三个月。

树倒猢狲散

“人情味”只在公司利益的大前提下才可能实现。如果公司完了，树倒猢狲散，人们也只能为自己着想了。

其他中高级管理人员的处理方案没有公布。我们有些丧气，有一种“坚守阵地反被出卖”的感觉。孟子说：“天下昭昭，皆为利来。”所谓“人情味”只在公司利益的大前提下才可能实现。如果公司完了，树倒猢狲散，人们也只能为自己着想了。

罗纳德倒是很镇静。他说：“反过来想，难道你还指望公司上层会允许下属们来瓜分他们本来就不多的残汤？难道C公司在无情杀价的情况下会体恤我们这些败兵之将？生意就是生意，商场如战场，没那么多情义可讲。”

他接着说：“反正我已经厌倦了，那两个小店也开始走上正轨。以后，我就做自己的老板，自己掌勺自己吃，也不需要怨天尤人啦！”

2002年10月底，在BG公司进入破产保护前，C公司接收班子入驻BG公司。进驻第一天，C公司一位高级副总裁召集BG公司所有高管人员开会。会议还是在总裁会议室里举行。风景依旧，只是人们的心情已迥然不同，俨然像走进了别人家的客厅，陌生、警觉，大气不敢出。

新主人开诚布公地说：“协议的最后条款还在讨论。不过，买下你们公司已成定局。”他的语气停顿了一会，会场内鸦雀无声。“完成并购后，有12至18个月的交接期。这期间，你们中间大部分人都不用担心自己的职位。我们知道，在这个特殊的时间，每个人都可能心绪不稳，为自己的前途担忧，这很正常。”

他用目光扫视全场，接着说：“希望你们能够给我们一个合作的机会。正式的并购协议签订后，我们会在45天内给在座的每一位写一封信，里面将说明你们具体的去向和补偿数额。C公司希望你们能够等到那时再考虑今后的去留。在过渡期内愿意给我们积极提供帮助的，一定会得到相应的安排和奖励。”

他停顿了一会儿，似乎看透了我们的心思，补充说道：“我们不会说谎，提出的安排和奖励方案将非常具体、实在，不久你们就知道了。”

很快，具体方案出来了，BG公司的大部分人员可以留用，并有相当报酬。过渡期后，两公司合并，BG公司总部关闭。大部分留用人员将调到F公司在新泽西的总部工作。从表面上看，我们并没有被抛弃。

我和吉姆商谈，走还是留？我们分析，目前美国经济状况不好，动不如静。况且，静等可以就近观察C公司重组策略，经济收入也不会受到很大的影响。

迄今为止，C公司把一切都做得井井有条，特别是对管理层的安抚很下功夫，不愧是全美第一流的重组老手。吉姆以前经历过公司合并和重组，他说，不少有这类经历的人都认为，这时候应该留下来。我决定留下来先看看。

C公司接收人员最先接管财务部和市场销售部，然后进入我的部门。我的办公桌上，新增添了一部电话和一部电脑，原来还算宽敞的办公室顿时变得狭小了。C公司的人进来“一同工作”、“熟悉业务”，天天在眼前晃悠。这时，如果偶然接到家人电话就惊慌失措：“没急事不要再打电话了！”

可怜的战败者，有什么道理可讲呢？

遣散和留用

C控股公司旗下的F公司组成正式接收团，在同一天浩浩荡荡地开进大楼。我和大伙儿一同等待“审判”，同时静观这个收购、重组的过程。

2002年11月15日，BG公司的名字终于从地球上消失了。

C控股公司旗下的F公司组成正式接收团，在同一天浩浩荡荡地开进大楼。我和大伙儿一同等待“审判”，同时静观这个收购、重组的过程。

首先关注的，是如何决定员工的遣散和留用。

一般说来，并购者要尽快控制经营大局，通常都会无条件地占据副总裁以上职位。但是，美国有一条法律规定公司重组时，必须给被遣散高管人员提前60天的知会期。所以，虽然原BG公司的三巨头接到了逐客令，但他们还是白拿了两个月工资。其他副总裁有半年留用期限，他们应积极配合新公司同等职位的副总裁尽快熟悉、接手工作。

其他管理层人员则根据工作性质和能力表现，由原来的上司和现在的上司共同评价，决定去留。经过两三个月的审视、评估，我这个部门得到通知，继续运转七个月后关闭。就是说，我这个“市场规划和价格部”比财务部和市场营销部等部门的寿命长了许多。

我这个部门的人员素质较高，所从事的业务比较先进，多数员工都得到了续聘通知。但是，由于牵扯到搬家到东部地区重新安家问题，大部分人拒绝续聘。

C公司使用了各种方法来化解对立紧张气氛。他们的人来到公司，都是笑容可掬的样子，说着轻松的笑话。听说这批人进驻前受过专门训练，人事专家向他们传授了“制造亲密感觉”的种种技巧，从面部表情到言谈举止，以及何时何地做什么事、说什么话，都很有讲究。

接收团队还为我们这些“被俘人员”举办了许多讲座，比如“如何调适公司重组期间的心理状态”、“面试必胜攻略”、“找工作的技巧”、“非常情形下情绪控制要点”、“困难时期如何加强家庭成员的沟通”等等，每次讲座都座无虚席。

我们同时还得到鼓励，可以允许使用公司电脑、电传、电话为自己找工作。C公司还专门设立了为我们免费寻找工作的辅导服务机构。这么一来，我们不那么缩头缩脑了，抵触情绪也渐渐放松了下来。

这时出的一件事，更加深了我们对C公司接收团队的好感。

广告部主管达芙妮是一位气质高雅、学识深厚、工作能力很强的专业人士。她先生是社会名流，收入丰厚。达芙妮出来上班不全是为钱。所以，当F公司一位毛头小伙对她指手画脚、乱发议论时，便忍不住争吵起来。她立即提出辞职。

这让达芙妮原来的上司十分尴尬，他恳请达芙妮至少再多留三天。接收团队对此高度重视，人事部负责人亲自出面慰留，并立即将那位毛头小伙调回F公司。我们大家看在眼里，暖在心上。

归顺是福

配合的程度也大有学问。战战兢兢不行，傲然独行也不行，要的是“不卑不亢”。

我用心观察员工在重组过程中如何自保。并购是一场博弈。收购方希望获得公司经营信息，越多越好。被收购方通常持观望态度，但职业道德和法律不允许被收购方员工拒绝提供有关信息。不过，什么时候吐出来、吐多少出来，却有很大弹性。

员工所能做的，首先是控制住自己的情绪，将消极抵触的心绪转换为积极推销自己。当然，配合程度的深浅大有学问。战战兢兢不行，傲然独行也不行，最好是“不卑不亢”。

市场营销总经理罗伯特是一个在BG公司工作了15年的老将，对业务了如指掌，对公司深怀感情。他平时最喜欢穿的就是那件印有BG公司标记的T恤衫。接收前，当C公司预先做市场分析时，罗伯特就表现出了强烈的抵触情绪，合作很不愉快。罗伯特最先接到逐客令，是部门总经理中第一个被踢出公司的人。而他还有两个未成年的孩子和一个很久没有工作的太太。

罗伯特离开公司，没有任何欢送仪式。

只要一想到像罗伯特这样忠心耿耿的老将竟然如此灰溜溜地离开公司，我们每一个人就心如刀绞。我从楼上办公室的窗帘后面悄悄地看他。灰蒙蒙的下雨天，他独自站在公司大楼门外，仰头凝视着这个他服务了15年的公司，站了好久好久都没有离开。他的身上还穿着那件洗白了的T恤衫，上面印着的BG

公司标记是那样的醒目，深深地刺痛了我的双眼。

罗伯特走后，吉姆召集我这个部门的人员开会。

他语气沉重地追念了罗伯特一番，然后提醒大家："有一种情形叫做Win-Win。目前的局面，如果大家能够互相配合，就是双赢，而抵触只会更糟、更乱。"

吉姆与F公司的同级副总裁戴克配合默契，他从不抢在戴克前面发号施令，而是愉快地肯定。两个人的交接一路通畅。停聘那天，吉姆拿到了相当于18个月薪金的遣散费。

罗伯特和吉姆是两面镜子，清楚地说明了员工在过渡期内应有的姿态。

一天，戴克找到我，连声夸奖："迈克，真没想到，你能够在这么短的时间内提交出这样一份漂亮的报告！"那是我按照他们的要求，根据新公司情况所做的销售业绩和前景分析报告。

急流勇退

她的目光里，流泻出一丝丝倦怠，那是"厌烦商场"的心态。

达芙妮年约四十岁，有个七岁的女儿。她是一个很有风韵的女人，曾在芝加哥一家著名食品公司当副总裁。黑人大妈乔伊离开我们后，达芙妮加盟BG公司，成为广告部主管。

去年秋天，还是9·11事件发生以前，我们俩一起乘火车去纽约出差。长途火车的卧铺包厢里，幽暗的灯光显得有些暖味。我们两人一起聊天，聊过去的经历和公司发生的事情，聊得特别投机。我们还叫服务生拿了一瓶波尔多的法国红酒来，加冰，喝得情投意合。

情到浓处，达芙妮主动宽衣解带，显露了她美得令人心醉的身体。我们情不自禁地做了那件事，一切都发生得十分自然和温馨。我温柔地把她抱在怀里，一边吻她，一边问她为什么要放弃著名公司的副总裁高位，屈尊到BG公司来做部门主管呢?

她点燃了一支细长的香烟，白色的烟圈从她那腥红的嘴唇里徐徐吐出来。

“是我自己撤退的。”达芙妮扑闪着长长的睫毛，这样回答我的疑惑。

她用纤细的手指轻轻刮了一下我的脸，叹一口气道：“唉，真的厌倦了。做个高级主管，要承受很大的压力。就说人际关系这一条，就够难的。不管你喜不喜欢，只要对公司有用，对晋升有用，你就必须装模作样，一定要做出很真诚的笑容来，去周旋。”

她做了一个怪相，说：“就像这样子，笑得很天真的。”一边说一边哈哈大笑。我抱着她光滑的身子，抱得很紧。

达芙妮无奈地笑了笑，摇摇头说：“活得真累！”

达芙妮接手广告部后，做事果断，坚持原则，决不瞻前顾后，有大将风度，不到一年时间就成为公司上下都很尊重的重量级人物。

达芙妮手下有一位分管推销的经理比尔，他主要通过旅馆来促销。比尔提出广告方案后，轮到我这个部门来进行评估，防止公司资金流失。达芙妮让我参加比尔主持的评介会。会议室里的一群人见我进来，立即蜂拥而至，纷纷递上名片。

我接过一看，虽然人不少，但都来自同一家公司，他们应招前来，对比尔的促销方案进行预测。会上，这群人争先恐后地出示数据、图表，竭力向我兜售。

我明白了，这其实是比尔自己指定的一家中介公司。他明知道公司禁止由关系公司来评估市场促销方案，以确保客观、公允，但仍然明目张胆地这么干，显然是想挑战达芙妮女士。这些人话音未落，比尔就逼我表态。我表示要再考虑。场面顿时有些僵持，比尔只好悻悻宣布散会。

事后，达芙妮走进我的办公室，关上门，给了我一个紧紧的拥抱。她语气坚定地说："迈克，你做得对！"

她和F公司的人吵架后不久，突然有一天把我叫去。关上办公室的门后，她扶着我肩膀轻声说："迈克，我要走了。"

达芙妮接受了一家商学院副教授的职位，她急流勇退了。

第十章　各奔东西

寒潮袭来

根据美国政府的社会保障条例，乔纳森失业后可以领取9个月的救济金，如果去大学或城市学院读书，政府还会发给学费补贴。

2002年的冬天，寒流比往年更早来到芝加哥。年底大规模的裁员潮，更令人心寒。和BG公司同在R市的朗讯电讯公司，大批高科技人员丢掉工作，人心惶惶。原来人人向往的豪宅也房价大跌。售房的牌子频频挂出。

饭店里，再也看不见往昔的灯红酒绿。

萧条的血腥味，一到R市唯一的超级市场，就可以很容易地嗅到。

首先，超市的停车场越发拥挤了。

然后，超市长年累月悬挂的招工牌子没有了。

超市，是疯狂追求成本降低的产物。在生产材料和劳动力市场日趋国际化的今天，超市大量出售从外国进口的廉价产品，最多的是“Make in China”（中国制造）。Wal-Mart 和KMart这类大型综合性超级市场，几乎就是“中国货”的大卖场。

人们都说R市有不少鼻孔朝天的人，他们一般是不愿意到超市买东西的。但现而今，眼目下只要看一看超市的停车场，就可以发现，鼻孔朝天的人们是越来越少了。而愿意接受超市超低薪工资的打工者也越来越多。

一天，我在超市购物，突然听有人叫自己的名字。转头一看，原来是早前的同事乔纳森。他曾在BG公司的IT部工作，后来跳槽去了亚特兰大的一家网络公司。

“怎么又回芝加哥了？”

乔纳森眼角垂下来：“别提了！”

他和在珠宝店工作的太太同时丢了工作，更不巧的是他们的第二个孩子刚刚出世。孩子出生后，经过抢救和多次换血才幸存下来，带来一笔巨额医疗账单。

我们一边说一边走向结账台。我看见乔纳森掏出了一打花花绿绿的票证，是政府发的“食物券”，不能换钱，可在指定超市买指定的食物。乔纳森说，他们一家四口每个月有六百多美元的食物券，够吃了。

我不大敢问他的房子。公司同事都知道，他不久前用“零头期”按揭买了新房。不过，根据美国政府的社会保障条例，乔纳森失业后可以领取9个月的救济金，如果去大学或城市学院读书，政府还会发给学费补贴。

回俄亥俄

不是每个人夜里一动念想，明天钞票就滚滚而来。恰恰相反，更过的情形是钞票滚滚而去，而且消失的速度意想不到地惊人。

一天刚吃过晚饭，乔纳森打电话给我："这个周末，我们全家就要搬到俄亥俄州去了。"

乔纳森丢工作后，自己开办了一家"电脑维修店"，但入不敷出。他开始用好几个信用卡互相倒账，要买东西就刷卡。信用卡的欠款加利息累加下来，终于达到了一个天文数字，他们连每个月必须缴付的底限也付不起了。最后，不仅信用卡不能再用，连房屋贷款的月供也无法付出，甚至拖欠了好几个月的煤气费。

煤气供应被切断了。大冷天，他们一大家人不能洗热水澡，只好用电热器加热水温，给孩子们勉强洗洗。后来，因为拖欠电费，电也停供了。银行要求强行收回房子。

我说："你的情形符合穷人救济范围，可以廉租公寓。"

乔纳森说："信用卡欠账太多，信誉坏了，没有一个公寓接受申请。"话筒那边的乔纳森重重吸一口气，"我只好申请个人破产了。"

美国破产法第七章，个人破产，一切欠款一笔勾销。这一笔勾销的少说也有10万美元，包括他第二个孩子出世没付清的高额医药费。

不过，宣布破产后的七年内，他们不能够申请到任何形式的贷款，也不能申请个人信用卡。所以，他只能带着妻儿老小回俄亥俄州去投靠父母了。那是一个远离繁华都市的安静小镇，生活费用很便宜，三室一厅的房子月租只要400美元。当然，工资也低，发展机会就更少了。

乔纳森说："我计划这几年省吃俭用，攒出一笔钱来，然后带着全家胜利返归！"

美国人最令人赞赏的就是这种不屈不挠的乐观精神。

夏马的女房东

谁知道那男人像躲地头蛇似的连连后退："不不不，你还是把支票开给她。"不小心他又漏了一句："连我也要每个月给她开支票付房租呢。"

夏马是亚特兰大公司布莱尔手下的一个项目经理，最近借调到总部工作。他搬到了离公司不远的地方，房东是一对美国年轻夫妇。

夏马是个从印度来的小伙子，很会和人相处，不轻易抱怨。可是最近，我常听他抱怨房东夫妇："这家人太抠门了，暖气老停，我在家里都要穿棉袄。"

这年冬天，芝加哥地区特别寒冷，煤气价格大幅上升，大家都在抱怨暖气费用太高，也不能太责怪夏马的房东减少供暖。

夏马总是在每个月的月初把房租交给房东太太。可到这个月交房租的日子，他却找不到女房东。她丈夫说："我太太度假去了。”

夏马很好奇，怎么夫妇俩人不一起度假啊？

丈夫有点腼腆地说：“我们各人度个人的假。”

夏马说：“那么我把房租交给你吧。”

谁知道那男人吓得连连后退：“不、不、不，你还是把支票开给她吧。”他还不小心漏了一句：“连我每个月都要给她开支票付房租呢。”

他这么一说着实让人吓了一跳，这叫什么夫妇呢？

美国就是这样，经济上“泾渭分明”，虽然冷酷，但减少了不必要的摩擦。保持独立的经济空间，对于维持夫妻关系是很重要的。夏马的房东夫妇，先生是大裁员的牺牲品。失业后，他很长时间没有再找到工作，渐渐懒了，不再发简历，不再打电话，天天睡到中午，然后坐在电视机前看电视。夫妻关系变得紧张起来。

有一天，夏马听到两个人在争吵，丈夫想做生意，让妻子出钱资助，但妻子斩钉截铁地说：“自己找贷款去！”

可能知道夏马听见他们吵架了，房东太太第二天对夏马解释：“金钱和感情应分清楚。因为是妻子的钱，他就不会像从银行贷款那么紧迫、那么认真负责。再说，寻找贷款本身就是对能力的训练，不强迫自己接受这种训练，不可能发奋图强。”

她这番话说得令夏马大为折服，对冷气不足的事也就不太放在心上了。

外包服务

话筒那边传来的可能是印度口音。好处是他们不是电话应答机，而是真人服务，而且是24小时不中断服务。

夏马做完总部的项目后，回亚特兰大了。没过几天，他打来电话：“我准备单干。”他的语气包含着几分得意。

他接着告诉我：“我不属于C公司，但还和他们打交道。”

我好奇地问：“怎么回事？”

“C公司跟上风向了。”

夏马所说的“风向”，就是与全球化随之而来的外包服务。

这个风向，从90年代刮起，刮到如今，已刮得天昏地暗。许多美国公司将业务承包给海外专业公司，省去了雇员一大笔社保费用，还有人事管理成本。外包合同多是短期的，因而更灵活，更经济。

印度人说英语，教育水平高，是外包业务的主要承揽国。夏马是印度人，他把C公司的IT项目收罗起来，然后通过印度的熟人外包过去，生意一下子红火了起来。C公司的软件开发业务，开始向他转移。

不久，我看到《时代周刊》封面上的一幅画，一个双手敲着键盘的书呆子坐在一个小格子间里，猛一抬头，看到整个格子间被吊车吊起来了，不知吊到何方。旁边标题很是醒目：“是不是太多的工作流失到国外？”

这期周刊的第一页，边缘只有零零落落几行字，整页的中央又是一幅画，是一座空荡荡的办公室，干净整洁，地面一尘不染，但毫无生气。一望而知，这是一个弃而不用的地方，真正的业务已经移到印度炎热的土地上。那里的人群熙熙嚷嚷，办公室里热气腾腾。

夏马的业务对公司内的IT程序员们形成了冲击。他们气愤地质问："那我们怎么办？我有两辆车、一幢房子和两个就要上高中的孩子，难道要我按下生活的暂停键？"

你要是需要主机维修服务、手机故障服务、询问银行对账单，甚至电话叫出租车，耳朵可要竖起来，话筒那边传来的可能是印度口音。好处是他们不是电话应答机，而是真人服务，而且是24小时不中断服务。

海龟，海带？

一面是对异族文化的不适应，一面又是对曾经相识却已陌生的环境的抵触。海归之路，成了一群边缘人在平衡木小心跳着的舞蹈。

华人多一种选择，就是回国去做海归。公司里第一个回国发展的，是电脑程序员小叶。他在公司做软件设计。这次公司兼并，最先被砍掉的就是IT部。小叶决定重回中关村。

中关村里，仍然张贴着"有海外学历者优先"的招聘广告。他趁着回国探亲的机会，走访了好几家研究所，很快接受了海淀高新区内一家新公司的职位。接下来，就是卖掉房子，把老婆孩子安顿在相对便宜的地区。老婆孩子不愿回国，他自己也想留条后路，就当个“空中飞人”吧。

听说小叶回芝加哥了，我跑去找他，要他说说国内的事。他欲言又止，不知该从何说起。细聊起来，回去最满意是中国饭，全芝加哥也找不到那么好吃的美食，另外，不用再憋着说英语，讲中国话，交流起来太通畅了。还有就是国内发展太快了，天天都听到谁谁又成功了的故事，真是一块淘金的热土。只是他出来久了，说话办事，别人都说他“太老美”。一面是对异族文化的不适应，一面又是对曾经相识却已陌生的环境的抵触。海归之路，成了一群边缘人在平衡木小心跳着的舞蹈。

小叶说，国内企业，部门一级的领导和一起工作的同事对海龟仍有较强的戒心，有时连基本的工作情况介绍也遮遮掩掩，暂时还不能指望会有成功的国际跨国公司里面那种团队合作的精神。还有就是国内的年轻人，特别是80后的人，他们从不掩饰对物质欲望的追求，不择手段地期望尽快出人头地，没有什么道德约束。

国内企业这几年有很大的变化，但总的观念仍然比较落后，如果想面向国际市场做一些比较复杂的事情，缺乏相应的技术人才和手段。还有就是回国去忽悠的海龟也多，鱼龙混杂，主要是因为国企领导大多还不是很懂国际业务，容易被忽悠。总之，适应的过程比较痛苦，自己要不断降低预期值，就当是做一个顾问或高级一点的技术工，千万别拿自己当回事。“海龟”如果没找到工作，待业在家，就叫“海带”。海龟很多，海带也越来越多了。

海龟承受的，不仅是家庭的分离、东西价值观的冲突，还有亲情的考验。一位熟人回到东北老家开了一家软件公司，几年下来，公司开始有了模样，业务量节节上升。但周围女人太多，住在美国的太太不干，家庭出现危机。全球化的浪潮在撕扯着地球上的每个人，每个家庭。

我听着小叶的话，想着BG公司与C公司的合并，想着美国不景气的经济形势，不由得长叹一口气。不过，学商科的都知道，天下没有不散的筵席，经济周期是谁也逃不脱的。看《泰坦尼克号》，最佩服的就是那些琴师。既然登上BG公司这艘沉船，咱们能够做得最好的，就是把那琴师的角色演到最后时刻。

败者为寇

每次我在走廊上与人迎面相遇，都觉得他们的眼睛比先前大了许多。大概是每个人都在用力睁大眼睛，像汽车前灯一样，努力寻找着自己的光明未来。

转眼之间，公司兼并的过渡期已经有七个月了。原BG公司的大多数部门已关闭。“市场战略和价格策划部”的多数员工也都接到了调往公司新总部的通知。但是，如果接受新聘书，就要离开芝加哥搬到新泽西去。最后，只有两个人应聘，其他人都放弃了。

主要是因为新职位实际上都是降级安排。商场如战场，胜者为王，败者为寇，战败了接受胜利方领导，也是天经地义的事。但好多人想到“忍辱负重”的前景，仍心有畏惧。此外失业初期，经济上还比较宽裕，除领到资遣费外，可申请“失业救济金”，还可享受学费补助和一定的免税。能够利用这6至9个月时间休整一番，再作打算，也是一个不错的选择。

罗纳德的热狗连锁店，办得红红火火。我坐在他窗明几净的小店里，一边大嚼着香喷喷的热狗，一边问他：“是不是以后就打算这么干下去呢？”

罗纳德耸了耸肩，摊着手说：“先干一阵子再说吧！”

一位伊朗人很乐意地接受新泽西的工作，因为他正在申办绿卡，如果失去工作，就意味着失去合法的身份。

一位金融分析专家是紧缺人才，深受新公司的青睐，给了他很好的条件。他毫不犹豫地续聘了。

汤姆是BG公司负责市场拓展的一员老将，新总部对他软硬兼施，极力想拉他入伙。但汤姆是劳森亲信团队的核心成员，他担心自己的忠诚度会受到质疑，如果过去，可能不得善终，始终犹豫不决。他和我商议好多次，仍拿不定主意。

我每次在走廊上与人迎面相遇，都觉得他们的眼睛比先前大了许多。大概每个人都在用力睁大眼睛，像汽车前灯一样，努力寻找着自己光明的未来。

2003年，美国经济形势有所好转，华尔街股市开始出现抬升的趋势，劳工市场开始转暖。我们期待着转机的出现，重新寻找到机会。

覆巢之下

公司饭厅入口处有一个告示牌，上面红红绿绿的通告，特别引人关注。

C公司对我们，确实很有当年共军优待俘虏的意思。虽然是处于“被收购”的地位，但是大家对C公司似乎没有什么怨恨，有时候还会生出感谢和宽慰之心。

人事部主任海伦女士是做这件事的天才。

她总是很和蔼地向你微笑，露出一排洁白整齐的牙齿。海伦对BG公司的老人总像老交情一样，喜欢把你拉到走廊的角落，压低声音问：“某某公司最近有一个对外开放的职位，我看了你CV，觉得比较适合你，你试过了吗？需不需要我做什么？”

或者，她会满面春风地给他打招呼：“嗨，明天的讲座很重要，我特地请来了维权保护律师，你最好去听听，和律师建立联系。他一定会帮助你维护失业时的个人权益。”

海伦在公司饭厅的入口处设立了一个告示牌，那上面经常贴着花花绿绿的公告，特别受人关注。那些公告有许多都是专题讲座通知，讲座通常安排在上班时间，名目繁多，有“如何申请救济金”、“如何延长医疗保险”、“缓解失业压力十招”、“如何推销自己”等等。

听过那些讲座，我们才知道，向政府申请失业救济完全不是什么“丢人现眼”或“白吃白拿”的事。每个人进公司后，公司每个月都要向政府交纳你个人工资数目7%比例的社会安全保险金。这笔钱就是日后的“失业救济金”。一个人，只要服务一个月以上，就有资格领取失业救济金。领取的金额，根据原工资和服务年限而定，一个月1000至1500美元不等。应该说，我们领取的，正是公司代我们个人过去存进去的。

还有，州政府除了发放失业救济金外，还可以发一笔教育进修费，一个人最多可领到5000美元，能够到州立大学去继续深造，也可以到社区学院参加短训。

公司有位数学系毕业的员工受到讲座的启发，申请这笔钱去上精算师培训班，拿到证书后，从一家大股票公司申请到一份收入颇丰的精算师职位。

海伦还特别针对公司里的“老弱病残”，开设了一个“避免工作歧视”的讲座，请法律专家详细讲解美国法律的有关保护条款和相关案例。海伦的人事部还专门为我们建立了求职热线，积极与各个职业介绍所联系，广泛收集招工信息，并帮助大家修改个人简历，协助安排面试。

海伦另外一个杰作叫“Exit Interview”（离职面谈）。人才是公司最宝贵的财产。海伦特别重视这个“离职面谈”，经常亲自出面，虚心征询离职者的意见，多方打听各方面的信息，以修正她的工作方法，征集到对特定人员的各种反映。

覆巢之下岂有完卵，但海伦为我们张开了一把保护伞，大大缓解了BG公司瓦解和个人失业的冲击波。薄薄的卵壳，似乎还有些大致的形状。同事们互相安慰道：“我们还不是一群被卖掉的孤儿。”

最后的晚餐

晚风吹拂着公园池塘里的一汪秋水，昏暗的路灯映照着飘飘的垂柳。几声狗吠，几声吉他，应和着林中的鸟鸣。

公司每个月都要开一次大型“告别会”。人们在会上相互留言，讨论前途，许多小道消息也在空气中悄悄传播。印有BG公司标记的T恤衫、帽子、杯子、纪念册和文具，也在会上散发，都被一抢而空。

有人开玩笑：“这些玩意儿，说不定哪天就成了高价的拍卖品呢！”

大家嘿嘿地应和着，脸上的笑容皆有些酸楚。

每天上班，我走出电梯，向走廊尽头我的办公室走去。映入眼帘的是一个个空荡荡的办公室。这间办公室空了，那间办公室空了，这整片办公区也空了……满地碎纸，满目凄凉。不小心咳嗽一声，走廊的回声响得令人心惊。

热心人开办了一个特殊网站——“BG公司前员工联络站”，那上面，每天增加着离职人员的联络方式，附设的讨论区热闹非常。有人把各地招工信息放上去，工作地有的近在咫尺，有的远在天边。公司虽然易主更名了，旧同事们却在虚拟的世界里小心翼翼地维护着自己最后一块精神家园。

我们这个部门也在这空空荡荡之中，迎来了自己寿终正寝的日子。黄昏时分，“告别会”在附近一个公园的小酒馆里举行，有酒水和烤肉。这是我们最后分手的日子，大家戏言是“最后的晚餐”。

BG公司的总部大楼熄灯了。晚风吹拂着公园池塘里的一汪秋水，昏暗的路灯映照着飘飘的垂柳。几声狗吠，几声吉他，应和着林中的鸟鸣。推杯换盏，醇厚的加州红酒今天喝起来，好像总是淡淡的，没有滋味。烤得半熟的新西兰牛排，吃起来似乎总有些不大对劲儿。忽然，有玻璃杯摔在地上砸碎的声音。一个粗声粗气的声音在馆子里回响："真他妈气人！把我们弄得这么惨！"

回头一看，是说话一贯直来直去的托尼。他这个人脾气火爆，曾和吉姆有过激烈的对抗，险些遭到解雇。他是芝加哥郊区典型的白领，把太太养在家里，有两个孩子，背了一身的房债。失去工作后，托尼家真是前途未卜。

托尼借着酒劲儿，大声数落着BG公司管理层的愚蠢和无能。我听着他的斥骂，耳根也有些红，毕竟我是这个关闭部门的头儿。其他人站起来劝他，把托尼扶了出去。芝加哥秋夜的蟋蟀响亮地鸣叫着，托尼的声音渐行渐远，从夜空中远远地传来，像献给BG公司的一曲挽歌。

这里的黎明静悄悄

原来的女友不再来了，空荡荡的房子安静得令人感到陌生，好像从繁华的都市突然来到一个没有人烟的小岛，整个天空都弥漫着空虚和寂寞的气息。

我收到了重组后新公司的聘书，但需要调到新泽西去。我到新总部去了两次，观察和打探情况。我原来在BG公司的职位，是吉姆说服劳森新设立的，工作的弹性很大。BG公司进入危机状态后，开始转入特殊时期的经营，我这一块的重要性迅速上升，劳森和马尔科姆对我的倚重也越来越大，在高管会议上和他们的座位也越靠越近。

所以照外人的观点，我也算得上是劳森团队的核心成员。

公司兼并完成后，进入正常营业状态。我在公司中的定位，参与决策的机会将大大下降，进行单纯市场分析与统计的职能上升。他们留用我，是期待我运用原BG公司的市场定位理念和数据分析经验，帮助新公司在过渡期间顺利完成业务和市场的整合。

但是，我与汤姆面临类似问题，很难改变降将身份，忠诚度令人怀疑。整合期结束后，我的利用价值将大大下降，前途渺茫。

如果只为一个饭碗苟且地活着，实在有违我在美国奋斗的初衷。我提醒自己，不能妥协。虽然海伦多次找我谈话，建议我尽早去新泽西上班，但我仍然很客气地谢绝了他们的聘用。即使如此，海伦仍然保留了我"留守人员"的身份，要求我继续坚持两个月。

海伦说："这两个月工资照发，另外还有15%年薪的额外奖金。你想干什么就干什么。但是，如果公司需要，你必须能够马上联系到。"她用安静的眼神看着我，还轻轻拍了一下我的肩膀。

我明白，C公司对我，算是仁至义尽了。

真是名副其实的"休闲"时光，会议、报表、办公室、同事，还有每天上下班交通高峰期的堵车，突然一下子从我周围消失了。好久没有过这样的日子，仿佛回到学生时代，学年结束，扔掉书本回家，撒着丫子过暑假。原来的女友不再来了，空荡荡的房子安静得令人感到陌生，好像从繁华的都市突然来到一个没有人烟的小岛，整个天空都弥漫着空虚和寂寞的气息。

每天睡觉都是自然醒，再没有烦人的闹钟来吵你。可是，醒来的时间越来越早，有时天不见亮，就睁开眼睛了。黎明静悄悄，静得令人心慌。睡不着的时候，就设想各种可能的选择，是不是去研修数据库管理、或者学习分子生物学的统计方法，或者，干脆回国发展？

家里的电脑里，增添了好几样东西。一个是SAS程序。我有生物科学基础，曾学习过这个生物统计软件。SAS程序员很抢手，工作稳定。“实在不行的话，做个SAS程序员”，这是我所考虑的一个“出路”。

一个是网页设计软件。我曾考虑开设一家自己的网上销售店。销售的项目，从汽车零件到壮阳药品，我都仔细做过一番调研。

还有一个是金融师的备考软件。我过去在商学院就对金融专业感兴趣，可以朝这方面继续深造。

最后一个是中文网站，研究“海归”们在祖国的幸福生活。

想女友的时候也越来越多。不知道李静是不是离开上海了？有同学说她要到日本去留学，也有人说她正在与德国的学者合作做课题。没有听到她结婚的消息。

罗拉也不在巴尔的摩了，听说她申请了联合国的一个职位，跑到非洲的什么地方去了。这个疯丫头！

我这些年先后和好几个女人来往，但都没发展到谈婚论嫁的地步。可能与我在内心深处，仍然为静和罗拉保持着一分感情的净土，有很大关系吧？

泪别芝城

我们在高速公路上默默地交换着眼神，淡淡地有一些感伤。芝加哥城市广播电台播放着一支黑人的老歌，好像密歇根湖的波涛，轻轻地拍打着湖岸。

我终于和BG公司毫无关系了。

接下来的五个月，是我前所未有的繁忙时期。克莱德打来了好几次电话，询问我找工作的情况。他上次丢掉芝加哥那家咨询公司的工作后，较快地寻找到了新的工作。他向我传授着自己的经验，要我每天吃过早饭后，就按照正常的作息时间一样回到书房，关上门，然后摆上笔记本，倒一杯冰水，开始给一批职业介绍所和过去的熟人打电话。打过的每一个电话都要做好笔记，把姓名、通话时间、对方答复情况都详细地记录下来，建起一个联系的网络，把网尽量大地撒出去。

然后，以约一周时间为一个循环，将所有拔过的名单号码再重拔一次。不要怕麻烦，不要怕丢面子，耐心、自信、亲切地拔打这些电话。上午主要通过电话和E-mail出击，下午休息一段时间，然后起来读报、上网，广泛搜集工作信息。

克莱德鼓励我："迈克，谁都有这样的时候。只要把这段时间当成像原来一样到公司上班，把自己调节得像一个不紧不慢的钟表，滴滴答答地往前走，坚持不懈，不过多地陷入负面的情绪之中，那么肯定会有一个自己比较能够接受的结果。"

我按照他的方法制订了详细的联络图，锁定几个访问量大的寻职网，并坚持每天到邮亭买回当天的报纸，专心致志地找工作。一切都不确定，今天出现一线光明，明天可能又是无尽的黑暗。但我保持着情绪的平稳，不焦不躁地重复做着这几件事情。

2003年的感恩节前夕，总部设在迈阿密的一家全国性邮件快递公司给我寄来了聘书，开出的条件令人满意。我立即给克莱德打电话，告诉他，我决定接受这个职位，离开芝加哥，搬到佛罗里达去。克莱德听到这个消息十分高兴，专门邀请我去他家过感恩节。我和他一起切火鸡，继续聊庄子。他的华裔夫人向我打听了好多国内的事情，特别是他们的两个孩子和我玩得格外开心。

我开始卖房子。卖房招牌的底板是浅蓝色，上面印着红字，插在堆了好几个星期的积雪上面，十分醒目。邻居投来了同情的目光："需要帮忙吗？"我平静地解释道："公司包卖，一切不用操心。"大家凝重的面容顿时化开了："恭喜你，找到新的工作了！"

离开芝加哥那天，达芙妮女士突然来看我，坚持要送我去机场。我们在高速公路上默默地交换着眼神，淡淡地，有一些感伤。芝加哥城市广播电台播放着一支黑人的老歌，好像密歇根湖的波涛，轻轻地拍打着湖岸。当我和她吻别时，泪流了下来。

第十一章 海市蜃楼

摩吉托、兰姆酒和伦巴

怀中的宝贝弹性十足，耳旁的乐曲令人浮想联翩，清醇的兰姆酒更令人陶醉。神思恍惚之中，海明威老头儿在微笑，亲切地注视着我们。

佛罗里达海滩，是美国人梦想的天堂。临海的房子，价格成倍上涨。很多美国人都在盼望，一辈子的辛劳可以给他们带来一点积蓄，退休后能够住到佛罗里达的海滩，远离都市的嘈杂，让劳碌一生的心脏能够随着海浪安静地起伏。

在佛罗里达州的最南端，有一群小岛大大小小地分布在加勒比海的万顷碧涛之中，从东向西伸延，由43座桥联结成的跨海高速公路把它们像一串珍珠一样串连了起来。在这串珍珠的最西端，是一个尖岬，这就是Key West，被称为美国的“天涯海角”。

Key West过去是海盗频繁出没的地方；后来，文人骚客聚集。如今，变成了普通美国人争相拥来度假的地方。这个四英里长两英里宽的小岛，常年被人群的喧哗包围着，终年热气腾腾。

原先曾在亚特兰大公司负责打理业务的布莱尔到佛州出差，我们约在这个岛上的“海明威酒吧”见面，这是一个有浓郁哈瓦那风情的热带酒吧，门口竖立着海明威的大胡子画像。

布莱尔到一家房地产开发公司去做了部门经理。虽然分别了两年，其间发生了好多事情，但我们相见如故。布莱尔要了一杯称为“摩吉托”的古巴饮料和一杯在加勒比地区流行的兰姆酒。我跟着他点要了这些东西，想试一试口味。调酒师在兰姆酒里加了几片薄荷叶和一丝甘蔗，透明的酒水给人特别清凉和爽口的感觉。

放下兰姆酒，我们又一起喝摩吉托，布莱尔两眼明亮地看着我说：“迈克，公司昨天宣布提升我为副总裁了。”我也告诉他自己的新去处。我们为重逢、为布莱尔的升迁、为我寻得新职干杯！

酒吧里响起了节奏感很强的拉丁舞曲。两位说西班牙语的性感女郎笑容满面地走过来，邀请我们共舞。恰恰舞、伦巴、探戈，跳得我们十分亢奋。喝得微醉的布莱尔轻轻推开两位女郎，拉着我一起，十分奔放地跳了一曲恰恰舞，赢得满堂彩。我们红光满面地坐下来，怀抱着这两位从哥斯达黎加来到美国的宝贝，继续喝酒。

在音乐和美人的陪伴下，我和布莱尔交换着过去那些熟人的消息，劳森、戴维斯、马尔科姆、吉姆、施卡威、罗纳德……往事如烟，生活像一条船，风暴过后，它又将张帆远航，重新驶出平静的港湾。

怀中的宝贝弹性十足，耳旁的乐曲令人浮想联翩，清醇的兰姆酒更令人陶醉。神思恍惚之中，海明威老头儿在微笑，亲切地注视着我们。Key West小岛曾经是海明威当年创作的地方，他在岛上建立了他在美国的第一个家。

我喜欢读他的作品。当年在兰州大学图书馆借到他的《永别了，武器》、《丧钟为谁而鸣》，特别是《老人与海》，我都是一口气读完。兰州是一个与大海相隔无限遥远的地方，我独自骑车跑到黄河岸边，在奔腾不息的河水中寻找他的影子，闭目想象着那位老人奋力将一条破船开回码头的情景，感觉到自己的血在燃烧。

布莱尔又举杯朝我，于是两人再次一饮而尽。我看到布莱尔的眼睛闪烁着迷离的光，那两位女士的眼睛里也放射出生命的激情，像非洲丛林的火焰，野性奔腾。凝视着墙上那幅海明威的画像，感觉到他的眼睛中也有光芒闪烁。微微地有些醉了，醉眼迷离，仿佛看见苍茫的夜色中，有赤红的朝阳，在冉冉上升。

老友重逢

汤姆预测，如果美国经济景气维持上升的势头，佛罗里达州的房市将以30%的速度猛升。

佛罗里达是美国伸向加勒比地区的一只大拇指，它骄傲地矗立在墨西哥湾碧蓝的海水中。大西洋涌来的大潮，有力地拍打着它银光闪闪的海滩。

邮件快递公司的工作按部就班，我整日盯着电脑屏幕，从朝霞满天忙到日头落山，手指总在敲击键盘，变得麻木了。电话铃声不断，我以职业单调的笑声应答，不多久就感到口干舌燥。

又是很无聊的一天。当我准备收工时，突然接到一个电话，声音浑厚有力："迈克，知道我是谁吗？"我全身一紧，是汤姆打来的！我浑身的血液加快了流动。

"哈！我就在迈阿密。"汤姆的笑声还是那样爽朗。他终于没有接受C公司的招安，加入了芝加哥一家大房地公司。佛罗里达房市火爆，引起了全美各地房地产大鳄的关注。他们贪婪地盯着这片神奇的宝地，纷纷修改投资计划，从四面八方向迈阿密集结。汤姆受公司派遣也来到这里，准备扮演开路先锋的角色。

我们约在海边一个古堡见面。这是一个16世纪西班牙风格的城堡。我们俯瞰着碧波万顷的海面。汤姆指划着附近的海滨说："我们公司准备下大本钱开发这一带，把海景房连成一片。"他眨了眨眼睛，看着我说："前途不可限量！"

我们痛饮了几杯英国威士忌，汤姆更加滔滔不绝："我们的市场定位是锁定美国东部的退休人群。这些人有经济实力，喜欢到温暖的南方来过冬。公司准备先购进一批现有的旧房进行改造，这样起步快，可以先抢市场份额。另外，也准备选一些好地段，新建一批独栋房和豪华公寓，把品牌树起来。现在房市太火爆了，机会难得！"

美国东部通常是指从华盛顿到波士顿的新英格兰地区，包括纽约、费城、新泽西和康涅狄格州，这里是美国财富最集中的地区。这一带气候比较寒冷，老人们惧怕冬天，当然向往佛罗里达温暖的冬日。

处于中等阶层的美国退休人士如果工作满30年，退休收入一般包括三部分，一是社保退休金，每个月有1700至2000美元；二是公司参加401K计划为雇员配额代存的退休金，退休后每年按总额的4%提取，每月也有1000至2000美元；三是公司本身的退休补助金，根据公司经营情形决定。这三部分加上现金存款，是一笔不小的数字。房地产商锁定这个消费群进行开发，是很有道理的。

汤姆预测，如果美国经济景气的状况维持上升的势头，佛罗里达州的房市将以30%的速度猛升。

“怎么样？迈克，自己先买一幢？”他这么鼓动我。

寅吃卯粮

提前消费有助于刺激经济增长，但是，过重的债务负担也会造成严重问题。2006年时，美国个人负债总量已接近GDP总量。

参加华人聚会的最大好处是说中国话、听中国话。远在异国他乡，天天说英语，突然沉浸在乡音的氛围中，倍感亲切和温暖。而且，华人聚会，多是每人自带一份拿手好菜来“打平伙”，菜肴风味繁多，更是享受。大家边吃边聊，近期话题十有八九都转到买房上。聊得正起劲，一位大汉推门而入：

"咳，还有吃的吗？"房子里顿时欢声笑语："老赵来了！"

老赵1995年来到佛罗里达，先当IT工程师，并大胆贷款，买下了一栋四室两厅的独立式住房。看到佛州房市大热，他立即又贷款买下一套复式连体住宅，出租后，以租还贷还有节余，尝到不少甜头。于是，他干脆辞掉工作，专心炒房。现在，老赵手中已握有八栋独立房和三套连体公寓，全部出租。老赵肯于钻研，消息灵通，手中大部分房子都在银行强行拍卖时货款购进，他经验老到，这一套已玩得相当娴熟，成为华人推崇的成功人士。

为房而疯狂的岂止是华人。我在快递公司的一位女同事来自古巴，人称"小哈瓦那"。她单身，收入平平，但特别爱打扮。我一直以为她能平衡每个月的开销就不错了，没想到她有一天兴冲冲地宣布："我买房子了！"一打听，还是一栋价值45万美元的大房子，简直让人惊奇得眼珠子都要掉出来。

小哈瓦那性格开朗。几周后的一个周末，她约我和同事去她家开"派对"。大家兴致勃勃地参观新房。这个新房是名副其实的新，新家具、新厨具、新冰箱、新洗衣机、新液晶电视，居然还有一辆新买的BMW。小哈瓦那得意扬扬地介绍："电视和音响三年不用支付现金，新家具每月还50美元，BMW是六年低率贷款……总之，都是贷款啦！当然，最大的贷款是这座房子。"

金融学家发现，处于青春期和老年期的人在消费能力和消费欲望方面存在很大的差别。处在45到50岁之间的中年人挣钱能力最强，但他们上有老下有小，家庭拖累最大，同时还要准备养老金；处在20至30岁的年轻人工资不高，但消费欲望最高，想玩、想旅游、想打扮、想追求一切时髦的东西；而60岁以上的老年人进入退休期，不再抚养孩子，房债也基本付清，追求时髦也失去热情，但存款最多、消费能力最强。

自从瓦特发明蒸汽机，欧洲发生工业革命以来，资本主义面临的最大问题是如何刺激消费。经济学家们绞尽脑汁，想着如何在本国刺激消费。现在，他们找到了一个刺激消费的理想模式，就是让有强烈消费需求的年轻人负债提前消费，花钱买房、买车、买大件，到他们进入老年，个人债务就会逐步抵消，自然还清全部债务。这就避免了有钱的无处花，想花钱的又没钱的情形。

特别是低收入或失业人士在美国的信用体系内生活艰难。但是，畸形发展的美国金融业没有放过这群人。因为信用等级达不到标准，他们被定义为次级贷款者，银行向他们提供次级贷款。

“你想过中产阶级的生活吗？买房吧！”

“积蓄不够吗？贷款吧！”

“首付付不起？我们提供零首付！”

“担心利息太高？头两年我们提供3%的优惠利率！”

“每个月还是付不起？没关系，头24个月你只需要付利息，贷款本金可以两年后再付！想想看，两年后你肯定已找到工作或提升为经理了，到时候还怕付不起？”

“担心两年后还是还不起？哎呀，你也真是太小心了，看看现在的房子比两年前涨了多少，到时候你转手卖给别人啊，不仅白住两年，还可能赚一笔呢！再说了，又不用你出钱，我都相信你一定行的，难道我敢贷，你还不敢借？”

贷款公司的广告漫天飞，出现在电视上、报纸上，你的信箱里也塞满了这类诱人的传单。在难以抗拒的诱惑下，无数美国市民毫不犹豫地贷款买房。你替他们担心两年后的债务？哈哈，向来自我感觉良好、信心十足的美国人会这样大声告诉你："演电影的都能当上州长，两年后说不定我还能竞选总统呢！"

提前消费，有助于刺激经济增长，但过重的债务负担也会造成严重问题。到2006年，美国个人负债总量已接近GDP总量。

帝国余晖

9·11事件中死难的人们，有许多都是每天黄昏时分坐轮渡回家的人。他们在船舱里，就着昏暗的灯光读当天的《华尔街日报》，研究着明天股市和期货的行情。他们的影子在河水中摇曳，渐渐流逝。

和汤姆聊起了以前的日子，扳着指头数我们共同的熟人。

汤姆问："迈克，你还记得史蒂文吗？"

当然记得！9·11事件发生那天，他到公司来谈业务，我就是从他的泪光中最先知道纽约发生的事。那一天，他供职的那家公司和所有同事都灰飞烟灭了。BG公司关门前，我曾多次尝试想找到他，但他像断了线的风筝，没有一点消息。

汤姆说他找到了史蒂文，我激动得差点把酒杯碰翻，忙问："他在哪里？"

从汤姆那里要到了史蒂文的电话。2005年秋天，我找到一个机会去纽约。一到旅馆，我就迫不及待地给史蒂文打电话。电话那边也是一阵惊呼，我们不约而同地谈到三年前的事。

我们相约一起去看纽约市政当局为9·11事件专门保留的废墟。记得到美国的第一天，当从北京飞来的CA981次航班飞临纽约上空时，我就记住了世界贸易中心的姐妹塔。从天空俯瞰，曼哈顿岛就像一艘航行在大西洋上的巨轮，而双塔好比是巨轮的桅杆，高高矗立，耸入云天。而今，这纽约的“桅杆”已被拦腰折断，曼哈顿宛如一艘残缺的船，拖曳着受伤的心呻吟前行。高高的铁栅栏下，只剩下一个惨不忍睹的大坑。路人匆匆，脚下有长长的地铁通过，发出轰隆隆的巨响。炮台公园附近，站着一个被炸得面目全非的大铜球，咧着嘴地面对着我们。一位男人在寒风中吹着苏格兰风笛，凄凉的笛声令人伤感。

夕阳西斜，蔚蓝色的大西洋波光粼粼，落日为远方挺立着的自由女神像抹上金色的光芒，清凉的风吹拂着我们温热的面孔。来到一家临海的咖啡馆坐下来。我把前些日子写的题名《归途》的小诗递给他：

资本的战士，
自由的精灵，
往返在
香港与伦敦之间。

曾经客机是家，
天空是家。
而9月11日这天，
陌生的客机朝我飞来，
接我回家？

瞬间的碰撞绽放了死神的罂粟，
我像复合节的百合花悄然逝去。

浓烟散去，
渐渐看到烟波浩渺的哈得逊河，
还有那尖顶的红砖屋，
青青的草坪，
满院的玫瑰。
还有那后庭的秋千上，
飘动的裙摆，
清脆的笑声。

已经很久没有回家，
忘了小女儿甜甜的酒窝，
还有妻子轻轻接过行囊的微笑。

史蒂文轻声吟诵，声音哽咽，两眼变得潮湿。他供职的公司在9·11事件中全军覆没，回想起来，怎不令人肝肠寸断。我赶紧转换话题，请他介绍美国金融界最近创新和变革的情况。

他谈到了好多我在商学院没听说过的新的金融衍生工具。他说，美国刺激消费的手段达到了登峰造极的地步。面对寻常人家，银行、贷款公司、房地产公司、汽车销售商等想出了无数的花样来刺激他们贷款消费，没完没了的销售电话，没完没了的诱人广告，还有商店里琳琅满目的新产品、新款式，轰炸着所有消费者的感官。车换大了还要更大，房子宽了还要更宽、更高级。

整个消费潮流就好像微软公司的产品一样，从Windows97到Windows98，再到Windows2000、WindowsXP、VISTA等等，总之一句话，就是要求消费者升级、再升级。资本主义已经不再是满足人们物质的消费欲望，而是要不断地制造出人们的消费欲望，并且进而将消费者完全异化为欲望的奴隶和消费机器，无限地扩大市场空间。

史蒂文是刺激消费的专家。他一直认为自己做的事情都是正确的。但是，他现在面对自己儿子约瑟夫的变化，开始品尝到自食其果的苦涩。约瑟夫刚满19岁，有了第一张信用卡。自从有了信用卡，约瑟夫拥有的东西越来越多。最初是新出品的IPod、高级手机，后来是3000多美元的平面电视，带21寸大屏幕的高速电脑，接下来，就是新车。一切都是先提货再分期付款。约瑟夫的东西都是一流的、时尚的，但他的信用卡也很快积累了好几万美元的欠账。

银行让客户越来越容易获得信贷，刺激了市场的巨大繁荣。最流行的Visa卡和Mastercard卡在美国发行超过10亿张。据美国媒体研究中心调查，七分之一的美国人用去了这些信用卡上的极限额度的一半以上，平均每个人信用卡欠债19000美元。

不少信用卡都要求支付20%的利息。而超出信用卡限额的人，要承受35%的高利息，直到持卡人宣布破产。史蒂文从约瑟夫身上，看到了整整一代美国人消费观念的变化，这种变化背后隐藏着的生活观、劳动观和价值观的变化，都让人忧心忡忡。

哈得逊河静静地流淌着。平静的河面上，纽约轮渡公司的客船等待着华尔街下班的人群。西装革履的男士和职业装打扮的淑女们井然有序地走向轮渡码头。这些人在曼哈顿上班，但通常选择在哈德逊河对岸的新泽西居住，那边房价比曼哈顿低许多。

忙累了一天的人，走出办公室，抬头呼吸着河边清新的空气，惦记着河对岸期待着他们回家的亲人，神情相当放松。从渡轮的舷窗透出柔和的灯光，看得见他们有的在低声聊天，有的在安静地阅读当天的报纸。一声嘹亮的汽笛响起，船缓缓驶向对岸。看见他们，不由得想起那些在9·11事件中死难的人们，他们的影子在河水中摇曳，渐渐流逝。

纽约的夜景灿烂夺目，从楼群中迸射出来无数的灯光，高低起伏，放射出令人迷幻的光彩。

帝国的余晖，正随风而逝。

金融魔方

在这一轮疯狂的金融盛宴中，黑白颠倒，是非不分，诚信丧失，政府监管形同虚设，许多信贷公司表现得十分不负责任，银行对贷款的审查也非常马虎，不良贷款已达到惊人的数额。

第二天，我再次去找史蒂文，请他重点介绍投资银行的运作模式。他说："从90年代开始，投资银行的作用越来越大，赚钱很多，人人向往。"

我有些疑惑地问他："美国金融市场上怎么流动着这么多钱？"

史蒂文说，随着全球化进程加快，许多实体工业都朝中国和其他低劳动力成本地区转移，印度等国的外包业务也发展很快，国际生产成本大幅下降。大批由中国和其他发展中国家生产的廉价商品回流美国，大大抑制了美国和其他发达国家的通货膨胀。而中国和其他国家大量购进美国国债和其他金融债券，又为美国提供了充足的流动资金。

所以，史蒂文强调道，美国的银行敢于大胆放松银根，利率很低，借贷成本很低。过度积累的巨量资本，需要寻找出路才能实现增值。因此，当IT泡沫破灭后，当新一轮科技革命还在孵化和孕育时，大量资金向房地产业集中，形成了新的经济泡沫。

"那么，难道公司不担心质量低劣的贷款没人还吗？"史蒂文摇摇头说，美国虚拟经济发展太快，已经达到经济学家无法解释、金融监督机构难以监管的程度。进入数字时代的全球资金流动，谁也无法控制。

史蒂文说："货款公司短短几个月就取得惊人业绩，把钱都贷出去了。但是，其中很多都是次级货款，风险很大。于是，我们公司将这些贷款转手卖给其他公司，找人分担风险。"

"找谁来分担风险呢？"我还是不明白。

"找大投资银行啊！比如摩根斯坦利、高盛、美林证券、雷曼兄弟、贝尔斯登和华盛顿互惠银行等大名鼎鼎的投资银行，特别是房利美、房地美两家由联邦政府担保的放贷金融机构。他们又找来经济学家和大学教授以非常时髦的数据模型进行评估和包装，推出新的金融产品——CDO（Collateralized Debt Obligation，债务抵押债券)，通过发行和销售这种债券，让债券持有人来分担房屋贷款风险。"

"可是谁会轻信你们，买这样高风险的债券呢？"

史蒂文沉默片刻后说："别以为华尔街都是大骗子。况且，这年头想骗人也不那么容易。满街走的又不是大傻瓜。"

他给我解释，高风险债券没人买，于是投资银行又把它分成高级和标准级CDO债券两部分。当债务危机发生时，高级CDO债券享有优先赔付的权利，这样就转化成为中低风险债券，比较容易兜售。史蒂文补充道，外国政府和投资人出于高回报率的考虑，购进了不少这类债券。

"此外，还有对冲基金。"史蒂文娓娓道来，"对冲基金在国际金融界呼风唤雨，刀口上舔血，玩的就是心跳，承担这点风险是小意思啦！"

有人评价对冲基金是"手里有一块钱，就能想办法借十块钱来玩"。他们总能想办法从全球范围内调剂到利率最低的资金，大举买入债券，再把手里的CDO债券抵押给银行，换得好几倍数额的贷款，然后通过天文数字的资金在世界金融市场上翻滚套利。

投资银行更想出一个新的金融衍生产品，叫做CDS（Credit

Default Swap，信用违约交换)。那是一种对高风险CDO的投保。也就是说，投资银行每年从CDO债券获利中抽出一部分钱作为保金送给保险公司进行风险担保，如果闹出事来，大家一起承担。

保险公司发现CDO似乎很赚钱，而且这么多大银行、大投资商和外国政府都在一起玩，如果玩崩盘了，大家一起玩完。如果国际金融市场都完蛋了，保险公司还保什么呢？有饭大家吃，自己不出一分钱就可分利，何乐而不为之。所以，就算是骗局，但是当所有人都参加、都相信时，骗局也就不成其为骗局了。

史蒂文总结说，在这一轮疯狂的金融盛宴中，黑白颠倒，是非不分，诚信丧失，政府监管形同虚设，许多信贷公司表现得十分不负责任，银行对贷款的审查也非常马虎，不良贷款已达到惊人的数额。他盯着我说，美国正在经历伊拉克和阿富汗两场战争，世界油价也涨到荒谬的高度，可以肯定，布什政府的经济政策将比他的战争政策更失败。

史蒂文最后摇了摇头，轻声说道：“迈克，华尔街要出大事了。”

哀鸿遍野

冬天到了，芝加哥迎来了前所未有的寒冷，到处都铺盖着厚厚的白雪。在结冻路面上开车，随时都有滑出马路的危险。

新学年开始，李静突然从上海打电话给我，说她将到芝加哥西北大学作访问学者。我握住话筒愣了半天神，她在对面问：“你听见了吗？我拿到西北大学的邀请函了，明天上飞机。”我回过神来，却鬼使神差地说：“静，嫁给我吧！”

在机场出口，我一见她就扑了过去，把她娇小的身体紧紧地抱在怀中。静抬头看我，满面是泪。她呐呐地说道：“我们结婚吧！”我的眼泪夺眶而出，只知道紧紧地抱着她，百感交集，一句话也说不出来。

第二天一大早，我一起床就出去找房子。久别之后，一切都仿佛像薄冰一样脆弱，非常害怕会突然失去。我毫不犹豫地决定，离开佛罗里达，重回芝加哥。我在芝加哥付出了到美国后最多的心血，也在那里构筑了我那么多的梦想。今天，心爱的女人终于答应嫁给我，和我共筑爱巢，我一定要把自己的家安在芝加哥，在这里重新拾回我纯真的梦。

这时我才发现，先前不久还喧腾热闹的房市，突然变得像寒冬一样冰冷刺骨了。跟着房屋经纪人转了好几个小区，道路两旁，满目都是卖房的牌子。过去印象里房子很好卖、很抢手的地区，现在站满了醒目的卖房牌子，如百年孤独的丽人，久久伫立，无人问津。

华人圈里传出，老赵开始甩卖手中的房子，他好几个房客失业，提出退租，老赵以租还贷的资金链条断裂了。还有一位原住在底特律的熟人，由于生活所迫，举家迁移芝加哥。临走前，他举棋不定，不知是该降价卖房还是把房租出去。拖到现在，与他们家类似房子的房价已跌破十年前购房的价格了。

汤姆回到芝加哥，他给我带来的消息是佛罗里达房市崩盘。他问我：“还记得你们公司那个小哈瓦那吧？她丢了工作，回南美教英文去了。”

“那她那个装修得富丽堂皇、家具全新的房子和BMW怎么办？”我困惑地问。

汤姆说，小哈瓦那的房子已被银行拍卖。她那个小区的房市像多米诺骨牌倒塌，邻居纷纷抛售，人去楼空，所有空房子都被银行收走了，人再到小区里面行走，都感到害怕。风光了整整五年的美国房市，终于从顶峰重重跌落。房价大跌，银行追索，许多人无法还贷，只好抛房子走人。贷款公司收购了一大批无人问津的房子，压在手里无法出手，不得不宣布倒闭。

与此同时，股市大跌，一泻千里。道琼斯工业指数跌破一万点、跌破9000点，跌得人两眼发黑。

这些事情似乎都是在一个早上发生的，许多人跑去查询自己的退休金，发现辛苦一生的积蓄已暴跌30%。雷曼兄弟、美林证卷、ANG美国投资保险三大投资银行在不到一个月的时间内突然消失了。美国政府宣布七千亿美元紧急救市计划，但效果不彰。紧接着，美国三大汽车工业巨头同时频临破产。报纸头版打出通栏标题，宣布美国进入经济萧条。

华尔街几乎所有的借贷活动都冻结了，一方面是处处缺钱，一方面是借贷，银行间的彼此信任关系完全破裂。失业率上涨，购买力下降，得忧郁症的人也越来越多。

史蒂文再次丢了工作。两个月后，一家银行请他帮助整理烂账，才算重新有一份收入。汤姆也丢了工作，但他较早看出风向不对，即提前解聘属员，积极寻找出路。由于动手早，行动快，汤姆离职仅两周，即重新在拉斯维加斯找到一份工作。

汤姆用乐观的语气给我打电话：“咱们已翻过一次船，BG

公司教会了我们自救和生存的能力。”他甚至还有闲心评论政府的救市计划：“不可以支持政府收购死债，资本主义的本质就是市场经济，政府介入只能使经济变得更糟！”

冬天到了，芝加哥迎来了前所未有的寒冷，到处都铺着厚厚的白雪。开车行驶在冰冻路面上，随时有滑出公路的危险。有一个下雪天，芝加哥的气温竟然降到了零下30度。我和静选了一套靠近R市的房子，有壁炉，推开窗户就能看到封冻的湖面。高高的芦苇，灰色的毛穗儿映衬着冬日灰蒙蒙的天空。

我们把壁炉烧得红红的，圣诞树上挂满彩球，五光十色。新家门前那从唐人街买回的十个红灯笼，在寒冷的冬夜里放射着温暖和亲切的光亮。

来了很多很多的朋友，他们一起来参加我们家庭式的婚礼，罗纳德已成为理查德的合伙人，经营的热狗连锁店生意很好，他们一家人和汤姆、布莱尔也来了，甚至罗拉也从非洲回来了。

在大客厅的落地窗前，罗纳德、汤姆、布莱尔和我并肩而立，静静注视着窗外的雪景。虽然一个极其寒冷的圣诞节正缓缓向我们走来，但我们这四个老BG公司的火枪手，无所畏惧。

冬天到了，春天还会远吗？

尾声　来自芝加哥的消息

与迈克在MSN上的通话

（2009年1月1日）

作者：新年快乐！

迈克：新年快乐！

作者：大湖区天气不好？

迈克：雪很大，大得邪乎。特冷！

作者：瑞雪兆丰年！最后修订稿看过吗？

迈克：改得好。但情账不能算我头上。

作者：嗨，真以为老红军写革命回忆录啊？这是再创造，不是为你树碑立传。

迈克：好吧，不过讲清楚，情事与我无关。

作者：昨天美国公布了失业数字，260万人，16年来最糟。情况好像不妙？

迈克：确实不妙。奥巴马是从芝加哥出来的。这里的人，当然还有其他地方的人，都在等着看他怎么玩。个人感觉，期望值太高了。世界上从来没有神仙皇帝。话说回来，都说经济危机多严重，但我在这里看体育新闻、娱乐新闻，到沃尔玛去买东西，好像也没有什么危机不危机的。

作者：为什么选奥巴马？

迈克：危机和失败的产儿。没有这场金融危机，没有伊拉克和阿富汗的失败，就没有奥巴马。美国人求变。不变，死路一条。

作者：你个人怎么看？

迈克：美国走到今天是命中注定的。世界上的事都想管，都想插手；世界上的便宜都想占，占完了还卖乖，天底下那有这种好事。9·11事件，美国伤了元气。伊拉克和阿富汗，更是亏了血本。

作者：你对美国不看好？

迈克：美国是千面怪人，说不上看好不看好。这次危机能挺过去，如果运气好，今年下半年可能有转机。但是，美国佬的主义，肯定大打折扣。老美卖的狗皮膏药，不会有每个人都喊着、抢着买了。

作者：如果老美走下坡路，世界会更好吗？

迈克：这倒说不上。大家都讨厌老美，但要是老美真退回孤立主义，不再管世界上的闲事，世界将更不太平。现在，还没有哪个国家能取代它。所以，讨厌归讨厌，但大家还是要存美元。

作者：《货币战争》在国内买得很火，都认为美元太霸道。

迈克：但是如果美元崩盘，这场金融危机就很难收场了。

作者：加沙冲突明显有奥巴马因素，看来以色列想在他接手前把活儿干完。

迈克：我们更关注战争对经济的影响。以巴冲突，黎巴嫩和哈马斯背后都有伊朗的影子。战争升级，就会影响世界能源格局。奥巴马的伊朗政策肯定要调整，形势可能好转，但期望值也不能太高。美国国内对这些不大关心，现在最要紧的是经济振兴计划。芝加哥这边，大湖区的汽车工业很危险。制造业站不住，奥巴马的头炮就歇菜了。

作者：你这个市场分析师有什么高见？

迈克：最看重美国国债发行计划。救市要钱，救汽车工业要钱，失业救济要钱，打仗更要钱，到处都要钱，如果国债发行不顺，美元站不住，情况会更糟。

作者：美国金融改革算完蛋了？

迈克：这话绝对了。资本的本质就是找出路，实现资本的再生产。《资本论》早把这道理讲透了。美国经济空洞化也不是一天两天，华尔街就是画饼充饥，不断编故事、圈钱，跑到世界各地钻空子。美国积累了巨大财富，更准确地说，是从世界各地圈来的钱，泛滥成灾。原来为产品找出路，现在为虚拟资本找出路，所有歪点子都想出来了。想点子、找出路，翻译成动听的语言，就是金融改革。只要资本没有终结，改革就不会终结。

作者：华尔街发明的各种金融花招让人眼花缭乱。假作真来真亦假，世界上的事无所谓真假，也无所谓骗与不骗，看来华尔街的戏本还要继续演下去……

迈克：官兵逮强盗。金融监管是官兵，各大投行和金融机构是强盗。强盗永远比官兵跑得快。实际上，官兵、强盗都在骗朝廷、骗老百姓。要是强盗都抓完，谁还需要官兵？经济学把这个事翻译成"信心"。钱、证券、股票，只有信才是钱；要是不信，就是废纸。信息化了，它们连纸都不是，就是电脑屏幕上的一串串数字。金融的基础，全在于人心的维持。我经常对老美讲，中国老百姓用钞票和股票来投票。如果他们不信任政府，会把自己辛辛苦苦挣的钱都存进国家银行、投入沪深股市吗？中国人民用钞票来投票，比你们用纸投票，来得更坚挺。

作者：你小子真贫。美元背后有黄金，谁不知道这个。天天劝我们买美国公债，怎么不把美联储存在华尔街地库的金砖搬一半到中国来？钱是纸没错，但金子是金子，这点事中国人还拎得清。

迈克：这点我不同意。最近，哈佛大学尼尔·佛格森教授发明一个新词，把China与America重新组合成一个"Chimerica"。佛格森教授建议奥巴马就职后首先访问中国，与中国召开两国峰会（G2）。他这个概念最先就是从金融领域提出的，即中国是储蓄国，美国是消费国，两国利益紧密不可分。

作者：兄弟，中国人也发明了一个词，叫"忽悠"。中国人现在学聪明了，知道洋人什么时候说实话，什么时候"忽悠"。现在的世界真奇怪，富人要靠穷人贷。

迈克：对比两国实力，当然是美国强，中国弱。但中国发展速度快，美国对中国的需求成长快，中美实力对比和相互需求正在出现全新的情况，这是美国金融界、经济界、思想界甚至政客们都在高度关注和思考的问题。

作者：老美的脑子转得快！现在，美国面临各种困难，创造出这种美丽“冻人”的辞藻，就是在“忽悠”。当然，两国关系好了，对谁都有好处。说说你个人的情况？

迈克：我在一家大房地产公司做事，买房子、结婚、生孩子，三台戏一气演完。孩子刚满月，夫人很虚弱。全家三口人指望我挣房钱、饭钱、奶水钱。很想稳定一段时间，但公司年前给每个人写信，要大家开路。甘肃有个位子，听起来不错。

作者：咱哥几个，你混到美国大公司当总经理，也算人模狗样。洋人对你究竟如何？洋人公司好混吗？

迈克：是说玻璃天窗吧？肯定有，不奇怪。洋人能在带中字头的大型国企混吗？肯定寸步难行。洋人是利字当先，你小子有本事，能赚到钱，就当老大。当然，洋人公司也讲两条，一要靠得住，二要有本事。前一条管后一条。靠得住不靠觉悟、不靠道德，靠把账算清楚，利益分割精确到小数点。

作者：那么，和中国公司有什么区别呢？

迈克：咱没在国内公司混过，不敢说有发言权。现在中国公司也千差万别，有外企、民企、央企和地方企业。对于国企来说有两点，一是说起来全民所有制，实际与人民毫不相干。公司不知是谁的，又有谁为它真操心？二是不太注重量化分析和绩效管理，会计和审计制度不严谨，稀里马虎，大而化之，过得去就行。这样的公司一到国际市场就现原形。

作者：好啊，希望你小子回甘肃，把海外的好东西带回去。咱兄弟转一大圈，最后还是返回原点。真是人有小九九，天有大算盘。孙猴子再有能耐，也跳不出如来佛的掌心。回甘肃也好，白塔山喝三炮台，武都路吃牛肉面，三甲镇手抓羊肉，再到拉卜楞寺转经，日子也很美！

迈克：回国加盟国企，肯定不敢放肆，就是为“走出去”支支招。不说这个，还记得我们一起在省政府礼堂看美国大片《猎鹿人》吗？那时我们就发愿，有一天要回河西走廊，一起到祁连山下去飙车，对不对？

作者：当然记得。那部片子是我们最早看的美国大片。自驾车穿越千里戈壁，闯破嘉峪关，那是我们的梦。只是你小子把当时一起看电影的唯一女生搞到手了，飙车还有什么劲？

迈克：一起去，带着我们刚满月的孩子。兄弟，路上吃喝我全包。

作者：好，别扯远了。你把书中主要人物的下落说一说，给读者一个交代。

迈克：我给你发一份传真过来。

作者：甘肃工作敲定，通知一声。定个时间一起去河西。再约几个班上的兄弟，女生最好也带两个。

迈克：一言为定！2009年吉祥！

作者：2009年吉祥！

芝加哥传真

劳森　依然雄心勃勃奔走于华尔街，每天做着“东山再起”的梦。

马尔科姆　离开BG公司后，受聘为一家商业软件开发公司的CEO。

戴维 到航空公司后不负众望，一年之内再次让这家濒临破产的公司起死回生。

维恩 担任了一家运输公司的资深副总裁，仍然没有度假的习惯。

吉姆 加盟芝加哥一家著名的商业咨询公司，做资深副总裁。

罗纳德 热狗店办得很红火，成为理查德的合伙人。但他更喜欢办公室内稳定的工作，现在回到C公司继续做市场分析师。

乔伊 被裁后与公司同仁脱离了联系，音讯皆无。

达芙妮 进入芝加哥州立大学，担任商学院副教授。她是一个非常能干的社会活动家，协助奥巴马竞选，是民主党芝加哥地区竞选总部的得力干将。据说有可能被派驻非洲某国大使。

汤姆 先到迈阿密开拓房市，后转回芝加哥进入一家房地产经营公司当销售部经理。

克莱德 先在一家小型医疗咨询公司担任市场策划副总裁，后提升为资深副总裁。

史蒂文 受到奥巴马财经班子的青睐，可能接受他哈佛同学的邀请为政府工作。

布莱尔 在迈阿密与古巴政府接上线，准备去哈瓦那当经济顾问。

詹妮弗 离开芝加哥后，返回圣路易斯，在卡特琳娜飓风中不幸失踪。

泰德 长期在家闲着。不久前得到朋友帮助，在一家卡车公司谋到小组长职位。

乔纳森 一家人搬回俄亥俄州，天天等待邻居兑现承诺，帮他在州政府找个职位。

后记

这部手稿是芝加哥一位华人白领的自述。他是我读兰大化学系时同学四年的一位兄弟。大学毕业后，各奔东西。2005年夏到美国进修，才打听到他的消息。兰大化学系专业训练还是挺过硬的，有不少同学在美国大学和制药公司里做事。这位兄弟另谋出路，转行读了商科。

他邀我到芝加哥作客。那是郊区一个安静的小镇，我们彻夜长谈，一晚上说了很多的话。临别前，他送我这部手稿，要我带回国去。一晃三年多过去了，也没来得及细读。谁知天下事有好多机缘，金融危机爆发，昔日不可一世的美国白领，也和他们的帝国一起尝尽苦辛。把他们的故事讲出来，何尝不是人生的一种参考。

曦原

2009年夏记于希腊雅典